Die Schlangengarde

Von Christian Schwochert

präsentiert von der Hörner GmbH

HÖRNER

Impressum:

©2024 Christian Schwochert

ISBN Softcover: 978-3-384-17438-3

Druck und Distribution im Auftrag des Autors:
tredition GmbH, Halenreie 40-44, 22359 Hamburg,
Germany

Jegliche Ähnlichkeit mit dem Universum von Harry Potter, Barry Trotter, Perry Hotter, Perry Otter oder wie sie sonst heißen mögen ist rein zufällig und natürlich so gar nicht beabsichtigt. Außerdem ist dies ein Satireroman, der als Parodie gemeint ist und den man keineswegs allzu ernst nehmen sollte.

4

Vorspiel

König Karl III saß in seinem Büro auf dem Stuhl, von dem aus einst seine geliebte Mutter die Geschicke des Landes geleitet hatte. Er seufzte. „Meine geliebte Mutter musste sich nie wirklich mit Magie oder gar mit Magiern herumschlagen. Unter ihrer Regentschaft drang so gut wie nie etwas von der Zauberwelt in Unsere vor. Und das obwohl beide Welten mit einander verbunden sind. Tja... und ich darf mich nun als neutraler Vermittler zwischen zwei Lagern 'verdient' machen. Gewiss, eine große Ehre; sowohl für die als auch für mich. Auch nicht unwichtig für die Beziehungen zwischen Menschen und Magiern. Allerdings lässt mich die Sorge nicht los, dass wenn ich es mir mit einer der beiden Parteien verscherze, sie mich in einen Frosch verwandele. Und ob mich meine Frau dann wieder durch einen Kuss in einen Menschen verwandelt... na ja, wer weiß? Hinzu kommt die Tatsache, dass sich beide Seiten ordentlich fetzen und alles andere als nett zu einander waren. Wenn ich das hier in den Sand setze, gehen die sich richtig an die Gurgel und führen massiv Krieg; was auch negative Auswirkungen auf die Menschenwelt und vor allem auf das von mir regierte Königreich hätte. Nun gut, ich habe mir das angehört was der große Held des einen Lagers zu sagen hatte. Offenbar genießt er bei denen regelrechten Legendenstatus. Er hat, wenn ich alles richtig verstanden habe, so eine Art Superschurken besiegt. Einen Kerl, der seine Eltern ermordete und die totale Macht in der Zauberwelt übernehmen wollte. Das war damals offenbar ganz schön knapp. Die Leute in der Zauberwelt hatten offenbar solche

Angst vor dem Typen, dass sie nicht einmal seinen Namen sagen wollten. Nun ja, nach allem was ich so erfahren habe, war er wohl ziemlich übel, aber ganz ehrlich: Hitler, Stalin und Mao waren viel schlimmer und deren Namen nennen wir ja auch. Verstehe das Ganze also nicht. Vielleicht sind die ganzen Magier doch nicht so ultramächtig, wie der große Held es mir gegenüber ausgeführt hat. Immerhin scheinen sie keine Maschinengewehre zu benutzen oder gar Atomwaffen. Ja, er hat mir zur Untermauerung seiner Erzählungen ein paar Zauber gezeigt und der Brandfleck an der Wand meines Büros beweist, dass Zauberer durchaus Blitze schleudern können. Aber gegen mehrere MG's kämen die damit trotzdem nicht an. Nicht das ich vor hätte Krieg gegen diese Leute zu führen, aber es kommt mir eben seltsam vor, dass zumindest den Erzählungen vom Helden zufolge, ein Teil von denen sich für uns Menschen gegenüber massiv überlegen hält. Tja und einer dieser Überlegenhalter soll nun gleich in mein Büro kommen, wobei meine Wachen darauf achten, dass diese junge Frau dem großen Helden der Magierwelt nicht begegnet. Sonst gäbe es gleich wieder Ärger", murmelte der König an sich selbst gewandt.

Er stützte seinen Kopf auf die rechte Faust auf und wartete. Nur wenige Sekunden später meldete ein Wachposten ihm: „Die Frau von der Schlangengarde ist da."

„Sie soll eintreten."

Die Tür wurde aufgehalten, der König stand auf und begrüßte mit einem höflichen Händedruck die junge Dame, welche das Büro betrat. Er bot ihr an sich zu setzen und sie setzte sich dem König am anderen Ende von dessen Schreibtisch gegenüber hin. „Es freut mich, Sie einmal persönlich kennen zu lernen, auch wenn die Umstände alles andere als angenehm sind", sagte die Frau und strich sich ihre schwarzen Haare kurz zurück, da sie ihr ein wenig über die Augen fielen.

Sie trug eine schicke, schwarz-grüne Uniform mit einem Abzeichen der Schlangengarde über der rechten Brust. Dem König fiel auf, dass sie trotz mehrerer verblasster Narben im Gesicht sehr hübsch war. *Also wenn ich nicht verheiratet und 40 Jahre jünger wäre..., na ja, lassen wir das*, dachte er.

Er beschloss, es bei ihr ebenso anzugehen wie bei der Legende, die vor wenigen Minuten sein Büro verlassen hatte. „Möchten Sie mir nicht zunächst einmal Ihre Version der Geschichte erzählen? Das wäre gut für mich, damit ich in meiner Funktion als neutraler Vermittler und hoffentlich Friedensstifter mir ein genaues Bild der ganzen Lage machen und entsprechende Vorschläge für eine Beilegung des Problems einbringen kann?"

„Einverstanden, aber das was ich Ihnen zu berichten habe, ist nichts für schwache Nerven", meinte die junge Frau.

„Keine Sorge. Sehen Sie, ich habe als Soldat in der Armee meine Pflicht getan und meine Söhne ebenfalls. Beides war nervenaufreibend für mich. Bei meinem Dienst ging es vor allem um mich; aber als meine Söhne dienten, war ich in ständiger Sorge um sie. Ich bin also nervlich durchaus belastbar", entgegnete König Karl III.

„In Ordnung. Dann fange ich also mehr oder weniger ganz am Anfang an", beschloss die junge Dame und begann zu berichten.

Kapitel 1: Die Schulzeit

Eigentlich begann das Ganze damit, dass ich als Kind auf die Zauberschule gehen musste. Ich hatte gar keine andere Wahl. Die Magier aus der Zauberwelt erfuhren von meinen Kräften und meinten, ich müsste dorthin, um zu lernen wie man richtig mit ihnen umgeht. Als Kind ohne Eltern lebte ich in einem Heim, wo es alles andere als schön war. Ich dachte mir, diese sagen wir mal besondere Art von Schule würde eine nette Abwechselung sein. Abwechselungsreich war es dort dann auch, aber oftmals alles andere als nett. Die hatten da so Treppen, die ständig die Richtung änderten. Keine Ahnung, wie man so pünktlich zum Unterricht erscheinen soll? Also kam ich oft zu spät und deswegen gab es Ärger. Einer meiner Mitschüler verlor wegen dieser Treppen sogar beinahe einen Fuß. Wo war da eigentlich das Jugendamt frage ich sie? Ich meine, die hatten sogar einen dreiköpfigen Hund, der auch noch riesengroß war. Und der hatte Kinder zum fressen gern; jedenfalls gewann ich diesen Eindruck. Dann gab es da noch diesen angeblich verbotenen Wald, in den kein Schüler hinein durfte, weil es wohl lebensgefährlich oder so war. Aber als Bestrafung hat man uns dann in der Nacht einfach so in das Unterholz hinein geschickt. Ist mir bestimmt mehr als zehn Mal passiert. Absurd, oder?
Immerhin hatten wir für unsere Schulaufgaben Schreibwerkzeuge der Hörner GmbH zu unserer Verfügung und diese leisteten uns hervorragende Dienste. Das Logo der Firma passte irgendwie auch sehr gut in unsere magische Welt. Tja, das war wenigstens ein

Lichtblick und man nimmt ja bekanntlich, was man kriegen kann.

Andere Dinge waren alles andere als angenehm. Zum Beispiel haben die Lehrer uns nicht etwa nach unseren Fähigkeiten aufgeteilt, sondern diese Aufteilung einer magischen Gießkanne überlassen. Dieses Ding bekamen wir auf den Kopf gesetzt und das Teil entschied dann, in welches Haus wir gehen mussten. Da gab es das Schlangenhaus, in welches ich hineingesteckt wurde und das Griffelhaus; ja und dann noch zwei andere, die für meine Geschichte aber völlig unerheblich sind. Immer wieder bekamen wir vom Schlangenhaus zu hören, dass so ziemlich alle bösen Zauberer ursprünglich aus unserem Haus stammten. Bestimmt geben sie uns inzwischen auch die Schuld daran, dass drüben in Deutschland der Scholz Kanzler geworden ist...

Hatte ich es mir ausgesucht, im Schlangenhaus zu sein? Nein. Es wurde einfach entschieden. Wir bekamen den strengsten Lehrer, dem meine treppenbedingten Verspätungen ganz und gar nicht gefielen. Also blieb ich sitzen und musste das erste Schuljahr widerholen. Mein zweites Schuljahr war also im Grunde mein Erstes 2.0. Immerhin besaß der für uns zuständige Lehrer, seinen Namen habe ich leider vergessen, den Anstand mir einen Teleportationszauber beizubringen, sodass ich nicht mehr auf diese nervigen Treppen angewiesen war. Ich dachte mir also, dass es von nun an besser werden würde.

Doch falsch gedacht! Im neuen Schuljahr kam nämlich der große Held zu uns. Der Auserwählte. Der, dessen Namen ich mir nie merken konnte. Heißt er nun Berry, Perry, Jerry, Lerry oder doch Barry, Parry, Larry oder Jarry? Kein Plan. Aber mit Namen ist das bei mir sowieso so eine

Sache. Ich habe in den vergangenen Jahren so oft Schläge auf den Schädel bekommen, dass mein Namensgedächtnis völlig hin ist. Aber keine Angst; ich habe das checken lassen, es steckt keine schlimme Krankheit dahinter. Ich bin einfach nur ziemlich durch.

Jedenfalls hat Perry oder Parry ... na ja, halt der Auserwählte dann so wie wir alle zu Anfang die Gießkanne aufgesetzt bekommen. Und er wäre wohl in unser Haus, in das Schlangenhaus gekommen, wenn er der Gießkanne nicht gesagt hätte, dass er da nicht hin möchte. Mal im Ernst! Das war eine Option?! Warum hat mir keiner gesagt, dass wir uns die Häuser selbst aussuchen dürfen? Und warum durfte er das? Nun, auf alle Fälle hat die Gießkanne ihn dann ins Griffelhaus gesteckt. Meinem Haus entging ein fähiger Mitstreiter. Ein Typ der, dass muss ich leider zugeben, einer der stärksten Magier aller Zeiten ist. Nun fragen Sie sich vielleicht: Aber warum wollte der Held nicht ins Schlangenhaus? Vielleicht weil die Freunde, die er wie ich bald erfuhr kurz zuvor kennenlernte, auch im Griffelhaus landeten? Möglich. Ein Kind will ja mit seinen Freunden abhängen. Völlig normal. Aber dürfen Schüler aus verschiedenen Häusern etwa nicht befreundet sein? Es gab und gibt auch heute in der Zauberschule kein derartiges Verbot. Ich glaube ja eher, Blondie war der Grund.

Ja, dieser dumme blonde Junge, den der Held traf und der sich gegenüber seinen neuen Freunden so überheblich verhielt, dass der Held davon verständlicherweise abgestoßen wurde und lieber nicht in das Haus wollte, in welches Blondie von der Gießkanne gesteckt wurde. Blondie hat im Übrigen meine beste Freundin geheiratet und die beiden haben ein Kind zusammen. Blondie und seine Inkompetenz sind im Übrigen schuld daran, dass meine Leute und ich heute nicht die Welt beherrschen. Also bin ich manchmal echt etwas sauer auf meine beste Freundin, habe sie aber trotzdem gern.

Gut, der große Held ist also im Haus seiner Träume. Was tut er? Er und Blondie werden Rivalen. Bei so einer komischen Sportart, die sie inzwischen aus politisch korrekten Gründen umbenannt haben. Angeblich hat die Erfinderin etwas gesagt oder geschrieben was einigen Leuten nicht gefallen hat. Komisch, dieses Meinungsdelikt stört die Leute viel mehr als die Tatsache, dass bei diesem Sport schon Leute draufgegangen sind!

Also Blondie und der Held kämpfen in verschiedenen Teams gegen einander und der Held gewinnt natürlich. Blondie hat es also vermasselt, aber ich hatte trotzdem in den ersten zwei Schuljahren den Eindruck, dass aus ihm ein ernstzunehmender Gegner für den Helden werden könnte. Dieser Eindruck ging allerdings im dritten Schuljahr völlig den Bach runter, als ich erfuhr was für ein Weichei er ist, als er vor einer Mitschülerin aus dem Griffelhaus, Emma wenn ich mich recht entsinne, jämmerlich einknickte.

Aber das hatte eigentlich nicht wirklich etwas mit mir zu tun. Hier soll es ja in erster Linie darum gehen, was ich so alles erlebte und wie wir an den Punkt kamen, an dem wir heute stehen. Also: Eines Tages im für mich zweiten aber offiziell eben erst ersten Schuljahr kam einer der Lehrer auf mich zu, die eigentlich für das Griffelhaus zuständig waren. Er trug so Lappen um seinen Kopf und ich dachte mir so *Seltsamer Kerl*, sagte aber nichts und kam einfach mit, als er mich darum bat, mit mir unter vier Augen zu reden.

Tatsächlich waren es dann nicht vier, sondern sechs Augen. Er wickelte seine Lappen ab und offenbarte, dass er als eine Art Wirt für den Superschurken diente; Lord Wahlomat oder so ähnlich hieß der Kerl. Nur seine Fresse war noch übrig und die klebte praktisch am Hinterkopf des Lehrers. Dieser Lord sollte im Grunde mein Führer werden. Er fragte mich, ob ich zufrieden mit dem Unterricht hier sei? Ich verneinte offen und ehrlich und zählte alles auf, was mir an der Schule missfiel. Eine halbe Stunde später war ich fertig und der Führer, ich finde ja „Führer" passt viel besser als „Lord", fragte mir, ob ich nicht Lust hätte, dieses System zu stürzen und mich ihm anzuschließen. Ich sagte „Ja, klar" und er trug mir auf, eine Truppe für ihn aufzustellen, damit wir ihn nach seiner Rückkehr unterstützen könnten. Damit war ich natürlich einverstanden. Ich fragte ihn, wie ich die Truppe nennen sollte und er meinte: „Das ist dir überlassen."

Ich nickte und rechnete mit seiner baldigen Rückkehr. Er rechnete ebenfalls damit, aber wir beide verrechneten uns. Der Held schaffte es gleich zweimal die Rückkehr meines Führers zu verhindern. Ich war stinksauer. Auch weil der Held vom Schuldirektor immer wieder bevorzugt wurde. Für seinen Lieblingsschüler änderte er einfach mal die Regeln für das Gewinnen des Schulpokals. Egal wie sehr sich unser Haus anstrengte; am Ende bekam immer wieder das Haus des Helden aus irgendwelchen fadenscheinigen Gründen gerade genug Zusatzpunkte, sodass uns der Schulpokal vorenthalten und ihnen zugeschoben wurde. Das kotzte mich an. Gut, nach einer Weile, und wenn man weiß, dass die Sache sowieso geschummelt ist, hat man dann auch keinen Bock mehr und scheißt einfach drauf. So ging es mir jedenfalls und so in etwa ab dem dritten

Schuljahr spielte der Pokal dann auch seltsamerweise für viele Leute keine Rolle mehr. Und dann kam plötzlich, wie aus dem Nichts, ein paar Jahre später ein anderer Pokal. Es sollte so ein Wettstreit der Schulen stattfinden. Schulen von denen vorher nie die Rede waren und ein Turnier von dem ich vorher noch nie gehört hatte, tauchten auf, aber ich nahm das einfach mal so hin und dachte mir: *Mal sehen.*

Und sehenswert war das Ganze schon. Es war auch eine spannende Abwechselung zwischen Unterricht und geheimen Training. Ich hatte meine Truppe für den Führer befehlsgemäß zusammen gestellt. Sie bestand aus zwanzig Schülern verschiedenen Alters aus dem Schlangenhaus und ich nannte sie „Die Schlangengarde". Ich war dabei, meine beste Freundin, meine Freundinnen Mindy und Jasmina und noch sechzehn tapfere Kameraden. Wir bereiteten uns auf den großen Tag vor, aber auch unsereins wollte sich mal bei einem netten Wettbewerb als Zuschauer erholen. Von jeder Schule sollte nur ein Schüler antreten. Bei der antretenden Mädchenschule, die offenbar aus Frankreich kam, waren ein paar Damen dabei, die ich durchaus interessant fand. Also schmiss ich mich an sie ran und versuchte mein Glück. Bei einer von ihnen konnte ich sogar landen und wir hatten viel Spaß.

Ich bekam, abgelenkt wie ich durch die Französin war, nur am Rande mit, dass für unsere Schule so ein Typ namens Edward antreten sollte. Gerüchten zufolge war er ein Vampir oder sollte zumindest von Vampiren abstammen. Stellen Sie sich das vor! Ein Vampir mit Zauberkräften! Wer weiß, vielleicht leuchtete er sogar im Dunkeln. Aber mir war das nicht so wichtig.

Was ich dann aber doch mitbekam war, dass für unseren

großen Helden mal wieder die Regeln geändert wurden. Nicht nur hätte jemand seines Alters gar nicht am Turnier teilnehmen dürfen, nein es sollte auch für jede Schule nur ein Schüler dabei sein. Von der Jungenschule eben ein Kerl, von der Franzmannmädchenschule ein Mädel und von unserer eben ein Junge oder Mädchen, welches ebenfalls per Los erwählt wurde. Und dann wurde plötzlich das vierte Los mit seinem Namen ausgespuckt. Tja und wieder einmal wurde auf alle Regeln gepfiffen. Unser Held, der große Lerry Lotter durfte mitmachen. Damit hatte unsere Schule die doppelte Chanche zu gewinnen. Ich regte mich ziemlich darüber auf, dass er schon wieder bevorzugt wurde. Aber dann tröstete ich mich mit der Französin und es war erstmal alles gut. Später wurde ich dann von einem Handlanger des Führers kontaktiert. Offenbar sollte so eine Art Ritual stattfinden. Auf einem alten Friedhof. Man beschrieb mir, wo der Friedhof war und ich begab mich mit einem mulmigen Gefühl dorthin. Einige Zeit zuvor war ich dort so Monstern in schwarzen Kutten entkommen, die aussahen als hätte sie jemand aus „Herr der Ringe" geklaut. Aber was rege ich mich auf! Wie oft habe ich selbst schon was geklaut? Hahaha!

Diesmal waren keine oder besser gesagt andere Kuttenmonster anwesend. Sie offenbarten sich alle als Handlanger des Führers. Ich selbst sah mich nicht als Handlangerin; mehr als Kameradin oder meinetwegen als treue Soldatin. Ich berichtete einem langen, weißhaarigen Typen kurz von meinem erfolgreichen Aufbau der Schlangengarde und der Typ schien erst gar nicht zu wissen wovon ich redete. Daraufhin erzählte ihm ein anderer Handlanger, dass es sich um einen Auftrag des

Führers handelte, als dieser das erste Mal versucht hätte völlig zurück zu kehren. „Ach so. Na ja, die Garde wird uns gewiss nützlich sein", meinte der Lange Weißhaarige daraufhin hochnäsig.

Ich fragte mich, was er wohl für den Führer geleistet hatte. Dann erfuhr ich, dass die Sache mit dem Turnier eine Art Falle für den Helden war. Mir erschien diese Falle jedoch irgendwie unnötig umständlich. Warum betäubte man den Typen nicht einfach und brachte ihn so auf den Friedhof? Der Plan war so absurd kompliziert, dass es gefühlt eine Millionen Eventualitäten gab, die scheinbar nicht berüchsichtigt worden waren und wenn auch nur eine dieser Variabeln schiefging, wäre die ganze Aktion gescheitert. Es gab nicht den geringsten Spielraum für Fehler, was in Ordnung gewesen wäre, wenn die Mission zum Beispiel nur von mir oder nur vom Führer oder sogar nur vom dem hochnäsigen Weißhaarigen abgehangen hätte. Aber sie hing vor allem von dem Verhalten des Helden, seiner Freunde und seiner Gegner im Turnier ab. Während wir also warteten das die Falle zuschnappte, wurden die Einzelheiten des Plans von ein paar Anwesenden nochmal durchgegangen. Die ganze Aktion war noch komplizierter als modernes Yu-Gi-Oh und hätte schon daran scheitern können, dass der Held auch nur eine einzige Entscheidung anders treffen würde. Es hing im Grunde sehr viel von seinem Verhalten ab; vom Verhalten des jungen Mannes, den unser Anführer als seinen Erzfeind betrachtete. Von jemandem, der ihm bereits mehrfach ein Schnippchen geschlagen hatte. Aber für Bedenken meinerseits war es zu spät; die ganze Sache lief bereits und alles war für das große Finale vorbereitet. Der Held ging uns auch in die Falle und es gelang sogar, den Führer vollständig zurück zu holen. Der Held hatte zwar Angst vor dem Führer, traute sich aber sowohl dessen Namen klar zu sagen (was in der Zauberwelt irgendwie viele nicht hinbekamen), als auch sich ihm entgegen zu stellen. Ich fragte mich während des Kampfes, bei dem der Führer überlegen war, ob für ihn wohl Chuck Norris derjenige war, dessen Namen er nicht nennen durfte? Beinahe hätte der Führer auch den Helden erledigt, aber eben nur beinahe. Dafür erwischte es diesen Edward-Typen und ich finde die ganze Menschheit könnte uns ruhig dankbar sein, dass wir ihm und seinem Vampirtreiben einen Riegel vorgeschoben haben. Wenn wir auch sonst gewiss so Manches falsch gemacht haben; ihn umzulegen war absolut korrekt.

Der Kampf Held gegen Führer dauerte ewig. Manch einem kam es wie Stunden vor, anderen wie Jahre. Blondie bekam vom Führer eine Art Spezialauftrag und setzte diesen beinahe in den Sand. Er und seine beiden Handlanger waren wirklich keine Hilfe. Ich fragte mich, warum der Führer nicht mich, die Anführerin der Schlangengarde in der Zauberschule für diese Mission auswählte? Stattdessen diese Flachzange.

Vermutlich hatte Blondies Vater den Führer beeinflusst. Ich nehme es jedenfalls an; an den Geheimtreffen konnte ich selbst nur selten teilnehmen, da ich in der Zauberschule sein und mich sowohl um die Garde als auch darum kümmern musste, dass wir nicht aufflogen. Der große Held baute inzwischen seine eigene Armee auf. Wir wollten und wir mussten für den Kampf gerüstet sein. Als es dann aber zu den entscheidenen Augenblicken kam, versagten wir. Wir hatten die Schule bereits übernommen, aber wie sich später herausstellte, spielte unser Oberlehrer, der mir einst den Teleportationszauber beibrachte, eine Art doppeltes Spiel. Zwar führte er die Schule und auf Befehl des Führers stand unsere Schlangengarde ihm dabei zur Seite, aber als ein entscheidender Augenblick kam, wurde er von den Anhängern Jerry Hotters angegriffen und haute ab. Scheinbar aus Versehen wehrte er die Angriffe auf sich auch noch so ab, dass zwei Leute aus dem Lager des Führers dabei draufgingen. Inzwischen glaube ich nicht mehr, dass das ein Versehen war.

Eine ältere Lehrerin befahl daraufhin uns zu entwaffnen und uns wegen der zu erwartenden Schlacht in den Keller zu sperren. Wohlgemerkt alle aus unserem Schlangenhaus und nicht nur die Schlangengarde, von deren Vorhandensein sie ja nichts wusste. Inzwischen ist unsere Garde jedoch in der Zauberwelt berühmt und berüchtigt; das können Sie mir aber glauben!

Wir wurden also praktisch in Sippenhaft genommen. Es war alles so schnell gegangen, dass ich nicht einmal dazu gekommen war meinen Zauberstab, der mir nun abgenommen wurde, zu ziehen. Dasselbe galt für viele meiner Kameraden. Andere hatten ihre Stäbe nicht einmal dabei, weil sie sich im großen Saal sicher fühlten. Zu sicher eben. Aber ich muss zugeben, dass mir damals die praktische Kampferfahrung fehlte. Ich hatte noch nicht den Biss, über den ich heute verfüge.

Wir landeten also erstmal als Gefangene im Keller. Wenig später begann draußen die Schlacht zu toben. Mindy, Jasmina und meine beste Freundin umarmten mich, was mir nicht unangenehm war. „Ich habe Angst", klagte Mindy und ich sagte ihr daraufhin: „Ganz ruhig. Unser Führer wird diese Schlacht gewinnen und uns dann hier herausholen."

„Aber hält er uns denn nicht für Versager, weil wir uns haben gefangen nehmen lassen?", fragte Jasmina.

„Tja, wir haben ja auch versagt, aber angesichts all des magischen Blutes, dass dort draußen vergossen wird und wenn man bedenkt, wie viele junge Leute aus dieser Schule gegen ihn kämpfen und fallen werden; nun, angesichts dessen wird er uns trotzdem mit offenen Armen empfangen. Denn jeder große Führer braucht eine Jugendorganisation, nicht wahr?", fragte ich.

Da nickten sie alle. Wir hofften also alle das Beste.

Schreie drangen von draußen nicht bis unten in den Keller, wohl aber das Einschlagen von Geschossen und das Krachen wenn eine Wand oder so einstürzte. Der Kampf selbst drang nicht bis zu uns vor; eine seiner Folgen allerdings schon. Irgendwann kamen drei Schüler aus dem Griffelhaus zu uns herunter und redeten mit einander. Einer meinte: „Wir müssen die alle umbringen! Wir sind dabei, diese Schlacht zu verlieren! Wenn wir die nicht alle töten, bekommt unser Feind später jede Menge zusätzliche Handlanger. So können wir ihnen zumindest noch etwas schaden."

Die anderen stimmten zu. Sie gingen zu uns und begannen uns mit Feuerbällen und Todesflüchen zu beschießen. Panik brach aus und einige von uns versuchten Deckung zu finden, aber es gab keine Deckung. Die drei Griffelschüler brachten alles und jeden um, den sie erwischten. Von sechs bis 17-18 Jahren war unter uns jede Altersgruppe vertreten. Es dauerte nicht lange und nur noch ich und meine Freundinnen Mindy und Jasmina waren übrig. Meine beste Freundin lag tot am Boden. Einer der drei wollte uns gerade mit Feuerbällen erledigen, als ein anderer meinte: „Halt! Die drei haben hübsche

Titten. Mit denen haben wir noch unseren Spaß, bevor wir sie erledigen und deren Führer uns tötet."

Grinsend kamen die drei auf uns zu und fielen über uns her. Zwischen den Leichen und Aschehaufen unserer toten Kameraden nahmen sie uns gegen unseren Willen.

Wir waren durch den Anblick all der Toten erstmal so fertig, dass wir es zuließen. Während die drei Typen jedoch über uns herfielen, kam mir eine Idee. Meinen Freundinnen musste dieselbe Idee gekommen sein, denn als die drei Kerle fertig waren, waren sie total erschöpft und wir nutzten das alle fast in der selben Sekunde aus und begannen die Griffelschüler zu erwürgen. Es dauerte nicht lange und dann lagen wir oben und drückten immer weiter zu, bis unsere Peiniger tot waren. Im Anschluss schnappten wir uns deren Zauberstäbe und ich schlich mich die Kellertreppe hoch, um ein wenig die Lage zu sondieren. Währenddessen überprüften Mindy und Jasmina, ob nicht doch noch einer unserer Kameraden am Leben war. Ich öffnete vorsichtig die Kellertür und spähte hinaus. Draußen wurde laut gejubelt und als ich sah wie ein paar Schüler den großen Helden und seine beiden besten Freunde auf ihren Schultern trugen, wurde mir klar, dass unsere Seite die Schlacht verloren hatte. Ich ging wieder hinunter und sah, dass Mindy und Jasmina meine beste Freundin aufgerichtet hatten. Die Gute lebte noch. Sie hatte sich wohl im Gedrängel irgendwo den Kopf gestoßen und war ohnmächtig geworden. Glück für sie. Auf alle Fälle waren wir vier die einzigen, die noch vom Schlangenhaus und vor allem von der Schlangengarde übrig waren. Na ja, vom Haus blieb uns noch Blondie, wie ich später herausfand. Ich wollte gerade einen Teleportationszauber anwenden, um uns mit dem

Zauberstab eines unserer Peiniger hier weg zu schaffen, als die ältere Lehrerin, die uns in den Keller geschafft hatte, hereinkam und rief: „Oh mein Gott! Was ist denn hier passiert?!"

Mindy erzählte es ihr kurz und man sah der Lehrerin an, dass sie über diese üble Aktion total entsetzt war. „Was werdet Ihr jetzt tun?", fragte sie uns.

„Wir wollen einfach nur hier weg", lautete meine Antwort. Damit war sie einverstanden und brachte uns an einen sicheren Ort. Es war ein bescheidenes Haus irgendwo auf dem Lande. Wir ließen uns das gefallen, denn um ganz ehrlich zu sein, waren wir schon ziemlich durch und froh uns nicht selbst um unsere Flucht kümmern zu müssen.

Kapitel 2: Die Universität

Die ältere Lehrerin meinte es wirklich gut mit uns. Sie besuchte uns oft in dem kleinen Haus und brachte uns Lebensmittel. Man merkte, dass an ihr das schlechte Gewissen nagte, weil sie unser Schlangenhaus ja in den Keller hatte sperren lassen.

Es dauerte nicht lange und mit den Resten der Armee des Führers wurde so eine Art Frieden ausgehandelt. Vor allem der große Held, Berry Hotter oder wie immer er heißen mag; na eben „Der, dessen Namen ich mir nicht merken kann", machte sich in dieser Sache verdient. Nun war es ja aber auch vor allem er, der als Bezwinger des Führers die Autorität besaß, für einen gerechten Frieden zu sorgen. Und das tat er. Allen, die auf Seiten des Führers gekämpft hatte, sollte Pardon gewährt werden. Sie sollten nicht gefangen genommen und auch nicht getötet werden. Praktisch eine Art Amnestie. Seine Idee und Ehre wem Ehre gebührt; das war wirklich eine gute Idee, die für einen dauerhaften Frieden hätte sorgen können. Wohlgemerkt; hätte sorgen können!

Denn zwar hielten sich die Behörden, die zum Teil selbst beim Führer mitgelaufen waren, daran, nicht aber einige derjenigen, die am verbissensten gegen ihn gekämpft hatten. Das Blut des Krieges war noch frisch und kaum im Boden versickert, da sollte für uns alle irgendwie zwangsweise ein normaler Alltag weitergehen. Hierbei muss ich anmerken, dass ich das mit der Schulpflicht schon nie verstanden habe. In den USA und in Japan zwingt man die Leute vielerorts nicht zur Schule zu gehen; in Großbritannien und Deutschland hingegen schon. Es ist absurd. Man steckt Menschen in einem Raum zusammen, die offenkundig nicht kombinierbar sind. Tja und in der Zauberwelt wird diesbezüglich sogar noch eins drauf gesetzt. Sie zwingen uns in eine Zauberuniversität. Uns alle. Also mich, meine Freundinnen, Blondie und all diejenigen, mit denen wir einst im Krieg waren. Um unsere magischen Fähigkeiten zu verbessern und um wieder mit einander leben zu können. Das war schon eine dumme Idee und dann liegt die Uni zwar in der Zauberwelt, aber das menschenweltiche Gegenstück dazu ist nicht etwa Ihr Königreich Großbritannien, sondern die Bundesrepublik Deutschland. Würg! Allein bei dem Namen „Republik" wird mir schon schlecht. Was für eine unnatürliche Staatsform. Die hatten doch mal einen ehrenhaften Kaiser; wie konnten die nur darauf verzichten?! Und dann die Verbrechen, die heutzutage dort passieren! Wie viele Gruppenvergewaltigungen passieren dort noch mal pro Tag? Ich glaube es waren 2,6. Und wir reden hier „nur" von den Gruppenvergewaltigungen; die „Normalen" sind da noch nicht mit dazu gerechnet!

Auf alle Fälle dachte die ältere Lehreren, die auch noch total motiviert war, dass es doch super wäre, wenn wir praktisch wieder zur Schule gehen würden. Wir vier Mädels waren darüber alles andere als begeistert. Aber wir wurden dazu regelrecht gedrängt. Außerdem hatte sich das Ministerium, dass selbst unter der Führung des Führers jede Menge Dreck am Stecken hatte, eine Demütigung für uns einfallen lassen. Zwar hatte man uns Amnestie gewährt, aber trotzdem sollten wir jetzt mit so komischen magischen Halsbändern herumlaufen. „Nur ein Jahr lang", hieß es.

Um sicherzugehen, dass wir nichts Böses tun. Sollten wir

etwas Böses tun, würden die Bänder uns einen Stromschlag verpassen. Wobei „Böse" ja im Auge des Betrachters liegt. Wie also sollte so ein Halsband beurteilen, was gut uns böse ist?
Ich wusste es nicht, aber ich sollte es bald herausfinden.

*

Als meine Freundinnen und ich das erste Mal das Unigelände betraten, starrten uns alle an. Dann kamen ein paar Leute auf uns zu und gaben sich als ehemalige Mitglieder des Schlangenhauses zu erkennen. Sie waren von der Zauberschule abgegangen, bevor die große Schlacht tobte. Sie boten an, uns ein wenig unter ihre Fittische zu nehmen. Ein Angebot, welches wir dankbar annehmen. „Wir Kameraden aus dem Schlangenhaus müssen zusammenhalten", meinte einer von ihnen und klopfte mir kameradschaftlich auf die Schulter.
Mindy verkuckte sich sogleich in einen der Typen aus den älteren Jahrgängen. Sie schmiss sich regelrecht an ihn heran, aber bitte. Wenn es ihr Freude machte. Jasmina und meine beste Freundin waren da eher zurückhaltender und ich interessierte mich sowieso nicht für Kerle.
Am Anfang hatten wir also durchaus Spaß auf der Zauberuniversität. Aber wir sollten bald merken, dass der Krieg nicht wirklich vorbei war. Überhaupt ist das Ende eines Krieges ja auch eine Frage der Perspektive. Wann zum Beispiel endete denn der zweite Weltkrieg? Oder der Erste? Das ist auch eine Frage der Sichtweise. Für die Russen ging nach dem Ersten gleich der Bürgerkrieg

Weiße gegen Rote los. Für die Deutschen galt, dass im Osten auch nach Versailles noch weiter gekämpft wurde. Und der zweite Weltkrieg? Für Japan endete er später als für Deutschland. Und für Hiroo Onoda endete er sogar erst Jahrzehnte später. Auch in der Ukraine und im Baltikum kämpften die Leute noch viele Jahre weiter gegen den Kommunismus. Habe ich alles in Deutschland in Büchern gelesen. Unter anderem in „Das Dämmern der Welt" von Werner Herzog, „Die Waldbrüder: Ein deutscher Soldat bei den estnischen Partisanen" von Hermann Behr und „Gebt mir meine Berge zurück" von Albert Wass über den Widerstand der Ungarn gegen die Roten. Das waren nur drei der Bücher, die mir ein älterer, bereits länger Zauberei studierender Mitschüler schenkte, damit ich etwas über die Geschichte und Kultur der Menschen lernte. Auch er kam natürlich aus dem Schlangenhaus, denn die Leute aus den anderen Häusern mieden uns wie die Pest.

Trotzdem kamen wir in der Anfangszeit ganz gut zurecht. Es heißt zwar aller Anfang sei schwer, aber eigentlich ist der Anfang am einfachsten. Da haben es für gewöhnlich noch nicht so viele Leute auf einen abgesehen; gut, auf uns hatten viele schon einen Hass, weil wir ja zu dem „bösen" Haus gehörten. Der Hass änderte aber nichts an ihrer Notgeilheit. Einige Griffelschüler machten ihrem Namen alle Ehre und griffen mir bei sich bietender Gelegenheit an den Hintern. Kein Problem für die Lehrer, aber ich zahlte es ihnen heim und ließ sie mit meiner Magie Schnecken spucken. Das Halsband schien das nicht für böse, sondern eher für Notwehr zu halten. Jedenfalls verpasste es mir keine Stromschläge. Mein Halsband hielt meine Gegenwehr also für gerechtfertigt; die Lehrer leider nicht. So bekam ich auch auf der Uni öfter mal Ärger. Die

wehrkraftzersetzenden Gespräche mit dem Lehrkörper
liefen dann auch jedes Mal ähnlich ab:
„Warum hast du den jungen Mann Schnecken spucken
lassen?"
„Weil er mir an den Arsch gegriffen hat!"
„Wieso erzählst du so etwas?"
„Na weil es so passiert ist!"
„Das habe ich aber nicht gesehen."
„Natürlich nicht! Sie sehen nie wie die mich behandeln!
Sie sehen immer nur, wie ich mich wehre und dann kriege
ich Ärger!"
Es war jedes Mal dasselbe und von daher lohnt es sich
auch nicht, auf die einzelnen Situationen einzugehen.
Natürlich hätte ich jederzeit ein paar von diesen
Grapschern abpassen und ihnen eine richtige Lektion
verabreichen können. Aber ich wollte die Dinge nicht
eskalieren lassen und reagierte nur, wenn direkt davor
etwas vorgefallen war.
Also wie gesagt; der Hass und die Abneigung waren
immer noch da. Nur richtig krass wurde es erst, als sich
etwas ganz Bestimmtes ereignete.

*

Es war ein regnerischer Dienstagmorgen, als ich wie
immer zur Uni ging und einen der vielen Zauberkruse
besuchte. Konkret ging es in der ersten Stunde um
Zaubertränke und sie teilten mir die Emma als Partnerin
zu. Wir waren beide alles andere als begeistert, zumal
Emma aktiv an dem großen Krieg teilgenommen hatte.

Und dann war es, soweit ich mich erinnere, auch noch sie gewesen, von der sich Blondie mal so richtig hatte vorführen lassen. Genervt gingen wir an die Arbeit und durch unsere Abneigung gegen einander versauten wir den Trank. Da wir nach der Doppelstunde eine Pause gehabt hätten, bot die Lehrerin uns an, wir könnten in der Pause versuchen unsere Fehler zu korrigieren und den Trank neu machen. Die Lehrerin selbst ließ sich ihre Pause natürlich nicht nehmen und als sie aus dem Raum verschwunden war meinte ich: „Als ob die 30 Minuten ausreichen, um einen Trank für den wir fast zwei Stunden gebraucht haben, neu zu machen."

„Natürlich reicht die Zeit."

„Unsinn. Sie reicht nicht."

„Doch! Wir kennen ja jetzt den Weg und wissen wie es geht", fand Emma.

„Nein. Wir haben den Trank vermasselt und wissen nur wie es eben nicht geht", erwiderte ich.

„Du bist so negativ. Lass es uns doch einfach versuchen", sagte Emma und begann etwas in einen neuen, etwa einen Erwachsenenkopf großen Kessel zu schütten.

Dabei verwendete sie jedoch etwas zu viel, es gab einen kleinen Knall und meine Studienkollegin hatte blauen Ruß im Gesicht. Ich lachte. Daraufhin knallte Emma mir eine. Infolgedessen knallte ich ihr ebenfalls eine. Sie packte mich an den schwarzen Haaren und ich packte sie an den blonden Haaren. Wir rangen mit einander und gingen dabei zu Boden. Wir wälzten uns zwischen den Tischen und irgendwann gewann ich die Oberhand. Ich hielt ihre beiden Hände fest und grinste. Da bemerkte ich plötzlich irgendwas in ihren Augen; so als ob ihr die Situation gar nicht so unangenehm wäre. Also ging ich voll auf Risiko und küsste sie auf den Mund. Sie erwiderte den Kuss und es lief darauf hinaus, dass wir die Pause nutzten, um es mitten im Zimmer der Uni mit einander zu treiben. Zum Glück erwischte uns keiner.

Kurz vor Ende der Pause waren wir fertig und zogen uns wieder an. „Das behalten wir lieber für uns", meinte ich.

„Verdammt. Dabei habe ich einen festen Freund", fiel ihr da plötzlich ein.

„Ach ja?", fragte ich.

„Ja. Und der ist auch noch der beste Freund meines besten Freundes. Ein Typ, mit dem ich wiederum beinahe ebenfalls was gehabt hätte. Aber nur beinahe."

„Okay. Bist du denn mit ihm verheiratet?"

„Nein."

„Na dann ist es ja nicht so schlimm", fand ich.

„Aber ich habe ihn betrogen."

„Sowas kommt vor."

„Aber das war falsch!", jammerte Emma.

„Wir sollten langsam zum nächsten Unterricht gehen."

„Ja, gut", stimmte Emma zu.

Also gingen wir los und redeten leise auf dem Flur weiter.

„Wie konnte ich das nur tun?", klagte Emma.

„Na ja, du warst geil auf mich und ich auf dich", flüsterte ich.

„Aber das hätte ich nicht tun dürfen."

„Na ja, warum hast du dann nach meinem ersten Kuss nicht gesagt, dass du einen festen Freund hast und es etwas Ernstes ist?", fragte ich.

„Ich habe nicht daran gedacht."

„Oh mann. Wie konntet Ihr nur den Krieg gewinnen?"

„Warum hast du denn nicht daran gedacht?", fragte Emma.

„Woran?"

„Na daran, dass ich einen festen Freund habe."

„Woher sollte ich das denn wissen?", fragte ich.

„Ist das nicht allgemein bekannt? Wir drei haben schließlich die magischen Gegenstände des Führers vernichtet. Wir sind doch Berühmtheiten. Liest du denn keine Zeitungen der Zauberwelt?"

„Nein. Warum auch? Da steht doch sowieso nur Propaganda drin. Zuerst die Propaganda Eurer Seite, dann für einige Zeit die meiner Seite und jetzt eben wieder die Eurer Seite. Wozu für sowas Geld ausgeben?", sinnierte ich.

„Na gut, aber auch an der Schule waren wir doch regelrechte Ultrapromis. Hast du denn nie mitbekommen, dass Don und ich ein Paar sind?"

„Nein."

„Aber wieso denn nicht?"

„Wenn ich euch drei überhaupt beachtet habe, dann höchstens wegen dem Auserwählten. Wegen dem einen, der imstande gewesen ist den Meister zu besiegen. Du und dein Freund, Ihr zwei ward halt irgendwie auch mit dabei."

„Hey, wir waren auf jeder Mission sehr nützlich. Ohne uns hätte Perry es bestimmt nicht geschafft", behauptete Emma standhaft.

„Ja, sicher."

„Doch, das ist wahr!", rief Emma aus.

„Ist ja schon gut, ich glaube dir. Eigentlich ist es ja auch egal, denn der Krieg ist Gott sei Dank vorbei."

„Ja, und wir, die Guten, haben ihn gewonnen."

„Klar, Ihr seid natürlich die absolut Guten und Ihr habt gegen das Ultraböse gesiegt", meinte ich sarkastisch.

„Schön, dass du es einsiehst", entgegnete Emma ebenso

sarkastisch.

„Worin du auf jeden Fall eine Meisterin bist, ist darin vom eigentlichen Thema abzulenken", stellte ich lächelnd fest.

„Verdammt, ja. Was soll ich nur machen? Ich habe meinen Freund betrogen. Dabei liebe ich ihn doch so sehr."

„Hast du Geld?"

„Warum? Willst du mich jetzt etwa erpressen, nachdem du mich flachgelegt hast?"

„Hey, du hast mich genauso flachgelegt; und so wie du küssen und vögeln kannst, hattest du bestimmt nicht nur deinen jetzigen Freund im Bett. Aber nein, ich will dich nicht erpressen."

„Nicht?"

„Nein. Unfassbar was du mir alles für Schandtaten zutraust."

„Na ja, du stammst aus einem Schurkenhaus und wolltest einem Irren helfen die Zauberwelt zu erobern."

„Zur Sache. Ich fragte dich ob du Geld hast, weil du deinem Freund ja eine Nutte mieten könntest. Engagier dir ein leichtes Mädchen, setze sie auf deinen Freund an und dann bringt sie ihn dazu, dass er dich mit ihr betrügt. Dann habt ihr wieder Gleichstand", schlug ich vor.

„Aber das ist falsch. Noch falscher als ihn zu betrügen. Und bestimmt auch illegal."

„Also in Deutschland ist das mit den Nutten nicht illegal, aber egal. Was willst du denn sonst tun?", fragte ich.

„Ich könnte ihm alles beichten."

„Warum?"

„Na weil das gewiss das Richtige wäre."

„Und wieso?"

„Äh... ich weiß auch nicht. In Filmen sagen sie das immer so..."

„So ein Unsinn. Das 'Richtige' hilft dir hier nicht weiter. Wenn du ihm alles gestehst, fühlst du dich vielleicht besser, aber er fühlt sich schlechter. Weißt du was; du hast Mist gebaut. Lebe mit den Schuldgefühlen, behalte sie für dich und leide ruhig ein wenig unter ihnen. Das ist dann deine Strafe und gut ist."

„Ach ich weiß nicht", jammerte Emma und schüttelte den Kopf.

„Mädchen, wenn du es nicht weißt, wer denn dann?", fragte ich.

„Keine Ahnung."

„Meine Güte. Leb halt damit. Du hast im Krieg sicherlich eine Menge Dinge gesehen und getan mit denen du jetzt leben kannst, ja leben musst. Mach es mit dem kleinen Abenteuer von vorhin doch einfach genauso. Oder zieh meinen Vorschlag mit der Nutte in Betracht", entgegnete ich.

„Ich werde es versuchen."

„Was? Das mit der Nutte?"

„Nein. Damit zu leben", antwortete Emma, bevor wir das nächste Klassenzimmer erreichten.

Drinnen setzten wir uns weit von einander entfernt hin und wechselten erstmal kein Wort mehr mit einander. War unsere Unterhaltung auf dem Gang jemandem aufgefallen? Um ehrlich zu sein hatte ich, entgegen meiner sonstigen Gewohnheit, kaum auf die Umgebung geachtet. Ich hatte so viel mit Emma geredet und dabei vor allem an das gedacht was wir gerade getan hatten und was ich sonst noch so alles gerne mit ihr anstellen würde. Tja, aber wenn ich mich im Klassenraum sitzend in die Situationen auf den Gängen zurück versetzte, fiel mir eigentlich niemand Verdächtiges auf. Wahrscheinlich waren fast alle Leute schon lange vor uns zu ihren Studierräumen geeilt und wir, eine Schlangenschülerin und eine Griffelschülerin, waren niemandem aufgefallen. Obwohl wir auf dem Gang gewiss ein ungewöhnliches Paar abgegeben hatten.

Den Rest des Tages an der Uni..., ich weiß nicht; soll ich das jetzt „Schultag", „Unitag" oder „Studientag" nennen? Na egal. Sie wissen ja was gemeint ist. Auf jeden Fall wechselten Emma und ich den Rest des Tages über kein Wort mehr mit einander. Wohl aber ein paar bedeutungsvolle Blicke.

Nachdem der Unterricht beendet war, begab ich mich zur Unterkunft der Schlangenleute. Die Typen, die einst im Schlangenhaus gelebt und gelernt hatten, hatten auf dem Unigelände ein eigenes Verbindungshaus. Während Mindy es mit ihrem Freund in dessen Zimmer trieb und meine beste Freundin auswärts unterwegs war und sich offenbar schon damals an Blondie heranschmiss, machte ich es mir auf einem Sofa gemütlich und las ein Buch. Na ja, zumindest versuchte ich eines zu lesen. Denn plötzlich kam Jasmina herein und schleppte eine mir nur allzu gut bekannte junge Frau mit sich. Es war die Französin, mit der ich damals während des Turniers etwas gehabt hatte. Sie wirkte auf mich ziemlich betrunken. „Die Kleine hat es zu sehr krachen lassen", meinte Jasmina und lud erstmal in einem Sessel ab.

„Habe sie gerade so hier her schleppen können. Sie ist ganz schön schwer."

„Hat ja auch etwas zugenommen, seit ich sie das letzte Mal gesehen habe", meinte ich und fügte in Gedanken hinzu: *Vor allem an den Stellen, die mich interessieren.*

„Ich konnte sie nicht draußen lassen. Sie lag ziemlich benebelt auf dem Campus herum und wer weiß, wer da so alles die Gelegenheit genutzt hätte", sagte Jasmina.

„War schon richtig so", lobte ich sie.

„Danke", bedankte sich Mindy und schaute auf die Französin.

Sie schlief den Schlaf der Gerechten. Oder der Besoffenen. Wie auch immer. Ich überlegte, was wir nun tun sollten. „Hier unten möchte ich sie eigentlich nicht lassen. Ich wollte hier in Ruhe lesen", meinte ich.

„Wir könnten sie auf eines der leerstehenden Zimmer bringen", schlug Jasmina vor.

„Ja, warum nicht."

„Aber das 'wir' eben war nicht nur eine Redensart. Du hilfst mir doch sie zu tragen, oder?"

„Klar."

Also schleppten Jasmina und ich die Französin auf ein leeres Zimmer. Das Bett war ein wenig verstaubt, aber die Kleine schien nicht in der Verfassung zu sein, sich darüber zu beschweren. Als sie dann im Bett lag, meinte Jasmina: „Na gut. Das war dann praktisch meine gute Tat für dieses Jahr. Ich gehe jetzt schlafen."

„Schlaf schön. Ich gehe gleich wieder runter und lese noch etwas."

„Viel Spaß", wünschte mir Jasmina und spazierte von dannen.

Ich wollte gerade auch gehen, da wachte die Französin plötzlich auf. „Hey", begrüßte sie mich weitaus weniger betrunken als ich es erwartet hatte.

„Hey", entgegnete ich.

„Hast du mich auf dieses Zimmer gebracht?", fragte sie.

„Ich und meine Freundin Jasmina."

„Danke. Ich habe wohl ziemlich viel über den Durst getrunken."

„Kann passieren", meinte ich nur.

„Weißt du noch, damals beim Turnier? Was wir da so gemacht haben?", fragte sie und zwinkerte mir zu.

„Sicher."

„Hättest du Lust das und vielleicht noch mehr heute Nacht zu widerholen?"

„Du bist aber ganz schön voll. Ich würde dich ungern ausnutzen."

„Ach, Humbug. Ich will es doch und so wie du mich anschaust, willst du es ebenso", stellte sie fest und ganz ehrlich; bei diesem süßen französischen Akzent musste ich einfach weich werden.

Wenn ich Männer so reden hörte, wollte ich ihnen eine reinhauen. Aber bei Frauen war so ein Akzent unwiderstehlich. Also begab ich mich neben sie auf's Bett und wir küssten uns.

*

Anders als mit Emma war ich mit der Französin nicht unter Zeitdruck. Wir trieben es fast die ganze Nacht, bis sie irgendwann zu erschöpft war und einschlief. Ich hatte echt viel Spaß.

Am nächsten Morgen kam jedoch das böse Erwachen. Nackt wachte sie neben mir auf und ich lächelte ihr zufrieden zu. „Oh mein Gott! Was habe ich getan?!", rief sie schockiert aus.

„Na ja, du hast es mit mir getan", stellte ich glücklich fest.

„Aber das hätte ich nicht tun dürfen!"

„Wieso nicht? Weil ich eine aus dem Schlangenhaus bin?",

fragte ich.

„Nein, das ist mir ehrlich gesagt ziemlich egal. Ich bin mir sicher, ihr seid nicht alle böse. Aber ich habe doch einen Freund und wir wollen sogar heiraten."

„Na das fällt dir ja früh ein", bemerkte ich.

Da fing sie an zu weinen. Nicht einfach nur ein bisschen, sondern regelrechte Wasserfälle. Sie wischte sich immer wieder die Augen mit der Bettdecke ab. Da diese jedoch etwas verstaubt war, juckten daraufhin plötzlich ihre Augen und sie machte es nur noch schlimmer. „Warum habe ich das nur getan?!", heulte sie.

Ich seufzte. „Na du warst betrunken und geil."

„Aber ich habe doch einen Freund."

„Dann bring ihn das nächste Mal mit", schlug ich vor. Meine Begeisterung einen Mann an mich heranzulassen hielt sich mehr als nur in Grenzen, aber ihr zuliebe würde ich das auf mich nehmen. Ich mochte sie wirklich. „Das geht nicht. Er kann Leute aus dem Schlangenhaus nicht ausstehen. Er hasst euch sogar", jammerte die Französin.

„Auch wenn es mir mit dir sehr gefallen hat; wenn die Dinge so stehen, hättest du nicht mit mir schlafen dürfen", bemerkte ich.

„Aber ich wusste doch nicht, was ich tue. Ich war doch betrunken, oder?!"

„Du warst betrunken, aber so oft wie ich dank dir gekommen bin, wusstest du ganz genau was du da tust."

„Hör auf. Das ist gemein."

„Das ist die Wahrheit."

„Dann ist die Wahrheit eben gemein", sagte sie mit ihrem herrlichen französischen Aktzent, der mich schon wieder scharf auf sie werden ließ.

Ich schüttelte mich und versuchte mich auf die Situation

zu konzentrieren. Es ging nicht. Sie sah einfach so süß aus und so drückte ich mich nackt an sie und begann sie auf die Wange zu küssen. Noch immer etwas verheult begann sie nun damit mich auf den Mund zu küssen. Wenige Sekunden später trieben wir es noch eine weitere Runde mit einander.

Nachdem wir beide bekommen hatten was wir wollten, fing sie wieder an zu klagen: „Mein Freund. Ich habe ihn schon wieder betrogen."

„Ach nee."

„Wieso hast du das getan? Wieso hast du mich nochmal verführt?"

„Was heißt hier 'nochmal'? An den Malen letzte Nacht warst du genauso schuld wie ich. Gut, das eben war mehr meine Schuld, aber du hättest ja auch 'Nein' sagen können, oder?", fragte ich.

„Ich wollte ja auch 'Nein' sagen", behauptete sie.

„Stattdessen hast du mehr als einmal 'Ja!' gerufen", erinnerte ich sie.

„Ich weiß und ich schäme mich so. Was soll ich jetzt nur tun?"

„Ich habe dich echt gern. Ich glaube sogar, ich liebe dich; zumindest soweit ich in der Lage bin einen anderen Menschen zu lieben. Schieß deinen Freund in den Wind und lass uns ein Paar werden", schlug ich ihr vor.

„Du weist auch nicht was du willst. Zuerst sollen mein Freund und ich einen Dreier mit dir schieben und jetzt willst du mich für dich alleine."

„Ich wäre bereit gewesen, dich mit deinem Kerl zu teilen; aber du sagtest mir ja, dass das für ihn nicht infrage käme", erinnerte ich sie.

„Richtig", stimmte sie mir in diesem Punkt zu.

„Dann musst du dich eben entscheiden. Du verlässt ihn und kommst zu mir oder du fängst dauerhaft etwas mit mir an und betrügst ihn mit mir. Oder aber du sagst ihm offen, dass du neben ihm auch etwas mit mir anfangen willst", zählte ich ihr ein paar Optionen auf.

„Oder aber ich fange nichts Dauerhaftes mit dir an und bleibe ihm in Zukunft treu", fügte die Französin hinzu.

„Sei doch bitte realistisch. Vielleicht würdest du es schaffen, in Zukunft nichts mehr mit mir anzufangen, aber du konntest eben im Bett schon nicht anders, als ihn erneut zu bescheißen. Du bist deswegen nicht böse; vielleicht sind wir Menschen einfach nicht für monogame Beziehungen gemacht. Denk an Charlie Harper aus 'Two and a half Man'", meinte ich.

„Oder an diesen Typen aus 'Jerks'."

„Was soll das denn sein?", fragte ich.

„Stell dir 'Two and a half Man' vor."

Ich stellte mir die Serie vor und dachte dabei an die scharfen Bräute und an den coolen Charlie. Bis sie folgendes hinzufügte: „Aber ohne Charlie Sheen, ohne scharfe Bräute, ohne gute Witze und dafür mit viel Wokeness."

„Oh nein! Hör bloß auf; mir wird sonst noch ganz schlecht", entgegnete ich.

„Dabei habe ich letzte Nacht zu viel getrunken."

„Offensichtlich. Ach, wieso vergessen so viele Frauen eigentlich, dass sie einen Freund haben?", fragte ich.

„Ist dir das etwa schon mal passiert?"

„Ja. Aber egal. Willst du wirklich bei ihm bleiben?"

„Natürlich. Ich liebe ihn."

„Aha. Und wer von uns beiden ist besser im Bett?", fragte ich.

„Das ist doch egal. Mein Herz gehört ihm."

„Und wem gehört das was über deinem Herzen ist?", fragte ich und begann mit den entsprechenden Stellen zu spielen.

Sie sträubte sich eine Sekunde lang. Doch dann murmelte sie: „Ach, scheiß drauf. Hab ihn ja eh schon betrogen und solange wir im Bett liegen ist es ein und derselbe Betrug. Also gehören die Zwei erstmal dir."

Etwa fünf Minuten nachdem wir erneut fertig waren, packte die Französin wieder das schlechte Gewissen. Ich schlug ihr folgenden Kompromiss vor: „Wir treffen uns ein paar Mal in der Woche und du bleibst mit deinem Freund zusammen, aber du sagst ihm nichts von uns."

„Das geht nicht. Das hier muss ein einmaliger Ausrutscher bleiben", entschied sie.

„Aber warum?"

„Na weil ich ihn liebe!", rief sie aus.

„Was liebst du denn an ihm?"

„Er ist nett."

„Nett ist der kleine Bruder von Scheiße", entgegnete ich.

„Ach, Scheiße hat einen kleinen Bruder bekommen? Wie schön. Dann muss ich Arschloch und Fresse wohl Glückwunschblumen schicken", konterte sie geschickt.

„Lenk nicht vom Thema ab. Was liebst du sonst noch an ihm?"

„Er ist mutig, stark, bringt mich zum lachen. Und er betet regelrecht den Boden an, auf dem ich gehe."

„Und? Bin ich etwa nicht nett?"

„Nein, du bist böse."

„Dafür bin ich gut im Bett. Besser als er und das weißt du auch."

Sie antwortete nicht, sondern biss sich verlegen auf die

Unterlippe. „Und mutig bin ich auch. Ich war schon als Kind mutig und hätte ich im großen Krieg die Möglichkeit gehabt, hätte ich sowohl meinen Mut als auch meine Stärke beweisen können."

„Ja, aber auf der Seite meiner Feinde", stellte sie fest.

„Und wenn schon. Der Krieg ist schließlich vorbei und ich denke mal beide Seiten haben sich nicht gerade mit Ruhm bekleckert."

„Zum Lachen bringst du mich aber nicht."

Daraufhin begann ich damit sie zu kitzeln, woraufhin sie doch noch lachen musste. Als ich wieder damit aufhörte, brachte ich einen wichtigen Punkt auf die Tagesordnung: „Du liebst ihn also und er liebt dich. Und wie stehen die Dinge zwischen uns? Was empfindest du für mich?"

„Ich weiß es nicht. Ich mag dich schon, aber ihn liebe ich eben so richtig. Meine Gefühle für ihn gehen sehr tief."

„Und was machen wir jetzt? Was willst du tun?"

„Es wäre falsch, ihn noch einmal mit dir zu betrügen. Ich glaube, es wäre besser, wenn ich jetzt gehe."

Mit diesen absurden Worten stand sie auf, zog sich an und verließ unser Haus. Ich lag etwa fünf Minuten lang einfach nur so da. Dann stand ich auf, ging in den Keller, holte ein Hackebeil nach oben und zerschlug damit das Bett, in dem wir mit einander geschlafen hatten.

Kurz bevor ich fertig war, kamen Mindy und Jasmina herein. Sie sahen, wie ich nackt das Bett zerstörte. Wie in Trance schauten sie mir dabei zu. Als ich fertig war, suchten sie meine beste Freundin und brachten sie zu mir. Sie brachte mich dazu mich anzuziehen, obwohl sie selbst nur mit einem Bademantel bekleidet war. Dann heulte ich mich bei den drei Mädels aus.

*

Es dauerte eine ganze Weile und viel Eiscreme sowie etliche tröstende Worte, bis ich mich wieder beruhigt und ihnen alles Erlebte berichtet hatte. „Diese dumme Nuss! Ich hätte so ziemlich alles für sie getan. Wirklich alles. Hätte ich im Krieg mitbekommen, dass sie aktiv auf der anderen Seite steht, hätte ich alles in meiner Macht stehende für sie getan, damit sie zu uns hätte überlaufen dürfen. Zur Not hätte ich sogar selbst mit dem, dessen Namen ich mir nicht merken kann, verhandelt. Ja, ich würde sogar ihren jetzigen Freund umlegen, wenn sie mich darum bitten würde", sagte ich zu meinen Freundinnen.

„Und wenn du ihn einfach so umlegst? Ist er erst aus dem Weg, kannst du sie dir schnappen", schlug meine beste Freundin vor.

„Gute Idee", fand Mindy und auch Jasmina nickte zustimmend.

„Nein. Das würde sie nicht wollen. Sie wäre richtig sauer auf mich. Die Folge wäre, dass sie sich noch weiter von mir entfernt. Das kommt also nicht infrage", stellte ich klar.

„Na gut. Meiner Erfahrung nach ist der beste Weg um über einen Mann hinwegzukommen, sich unter einen anderen zu legen", meinte Mindy.

„Also soll ich mir jemand anderen suchen?", fragte ich.

„Ja. Im Idealfall jemanden, der nicht in einer festen Beziehung ist und nicht zu oft trinkt. Es ist sowieso eher fragwürdig etwas mit jemandem anzufangen, der schon eine Beziehung hat", entgegnete Mindy.

Die anderen beiden nickten. „So falsch kann es gar nicht sein. Das Halsband fand meine Bumserei jedenfalls in Ordnung; es gab keine Stromschläge", berichtete ich.

„Dann hält es deinen Beischlaf mit den Studentinnen also nicht für böse? Na gut. Schön, aber das löst dein Problem auch nicht so recht. Wo kriegen wir eine Frau für dich her, Kleines?", fragte meine beste Freundin.

„Vielleicht sollte ich mich aktiv auf die Suche machen. Fragt sich bloß wo?"

„Na ja, wir leben hier in einem Land mit über 80.000.000 Einwohnern. Da wird es doch, zumindest in den größeren Städten, irgendwelche entsprechenden Szeneclubs geben", mutmaßte Mindy.

„Igitt! Nein! Die sind mir viel zu grell und vor allem zu kommunistisch unterwandert. Besonders Letzteres kann ich ganz und gar nicht gebrauchen!", rief ich aus.

„Wie kommst du denn darauf?", fragte Jasmina.

„Na ich habe mir die Mühe gemacht im Netz nachzuschauen. Habe mir die Läden angesehen. Und um es klar zu sagen: Ich bin eine Frau, die auf Frauen steht. Das heißt, die Frauen müssen wie Frauen aussehen und vor allem auch tatsächlich echte Frauen sein. Das ist der Sinn und Zweck des Ganzen. Ich will keine Kerle, die alle zehn Minuten ihr Geschlecht wechseln und auch keine Frauen, die wie Männer aussehen. Ich will richtige Bräute; sie müssen nicht wie Ultrasupermodels ausschauen, aber sie sollten nicht versuchen wie Männer auszusehen. Wer weiß schon bei wie vielen von denen was im Oberstübchen nicht stimmt? Ich habe selbst schon genug Probleme und will mir nicht auch noch die von denen mit aufhalsen. Wenn sie echte Frauen sind, wie echte Frauen aussehen und auch auf echte Frauen stehen; dann immer her damit. Aber wenn sie nur irgendwelche gerade modernen Ideen aus den Medien nachspielen, weil sie aus irgendeinem Grund nicht wissen welches Geschlecht sie haben, oder wenn sie irgendwelche unverarbeiteten geistigen Probleme haben, dann will ich mich davon lieber fern halten. Und für mich sehen die Leute in solchen Szeneclubs zu einem nicht unerheblichen Teil danach aus. Eigentlich kann es mir ja egal sein; die können sich fühlen wie sie wollen. Nur warum sind deren Gefühle bitte schön wichtiger als meine? Wieso soll ich auf deren sagen wir mal 'Vorlieben' Rücksicht nehmen, die aber nicht auf meine Bedürfnisse nach echten Frauen? Diese optische Selbstverstümmelung, dieses Zeichen für Wohlstandsverwahrlosung und Dekadenz kotzt mich einfach nur an! Obendrein sind viele von denen auch noch Ultralinks. Das ist ein Problem, denn die Linken sind eine Bande von Doppelmoralheuchlern. Sie jammern, wenn man nicht richtig gendert, aber wenn einer ihrer Götzen Homos abschlachtet, interessiert sie das kaum. Ja, dieser Irrsinn fällt selbst jemandem wie mir auf, die sich von den Menschen eher fern hält. Trotzdem kriege ich mit, was in der westlichen Menschenwelt so alles schiefläuft. Genügend Zauberer leben in der Menschenwelt, sodass einem das unmöglich entgehen kann. Meine Güte, diese Leute sind solche Heuchler; die Mächtigen der Menschenwelt sind nicht besser drauf als die herrschende Klasse der Zauberwelt. Einerseits kritisieren sie, dass man früher Leute wie mich weggesperrt und versucht hat zu Heteros umzuerziehen und andererseits versuchen nicht wenige von ihnen etwas Ähnliches mit kleinen Kindern; nur eben in die entgegengesetzte Richtung. Was für abartige Dreckssäcke. Statt die Kinder einfach Kinder sein zu lassen, indoktrinieren sie die Kleinen mit ihrer Scheiße und erwarten von Kindergartenkindern dass sie ihr Geschlecht hinterfragen und ... na ich sage jetzt mal 'herumforschen'; auch mit anderen Kindern. Ekelhaft! Das allein kotzt mich schon an und ist Grund genug jede linke Bewegung und die dazugehörigen Szenetreffs abzulehnen. Oh und falls es dir noch nicht aufgefallen ist; die Truppe der wir angehörten ist alles andere als 'Links' gewesen und das wäre dann noch ein guter Grund für mich, solche Nachtclubs zu meiden", erklärte ich.

„Na ja, ich bin mir sicher es gibt auch ein paar normale Lesben in solchen Läden. Bodenständige Mädels, die einfach nur eine Braut haben wollen", überlegte Jasmin.

„Aber finde die mal in all diesen Lokalitäten!", rief ich aus.

„Ich hab da neulich von dieser Dame gehört. Eine doch sehr konservative Frau. Lesbisch eben, aber mir kam sie doch irgendwie sehr vorbildlich vor. Alice Weidelland..., Alice Wunderland oder so ähnlich. Na ist ja auch egal. Die ist auf jeden Fall auch lesbisch, konservativ und hat jemanden gefunden", fiel Mindy ein.

„Schön für sie, aber was hilft mir das? Ich nehme mal nicht an, dass das in einem roten Laden war und ich würde dort bestimmt keine für mich Passende finden", schätzte ich.

„Denkst du denn hier ist es einfacher?", fragte meine beste Freundin.

„Na ja, hier hat es praktisch zweimal an einem Tag geklappt", meinte ich.

„Da ist was dran", räumte sie daraufhin ein.

„Na gut. Dann schau dich halt erstmal hier um", sagte

Mindy.

„Ja, warum nicht? Aber sag mal, was meintest du damit, unsere Bewegung sei nicht gerade links gewesen?", fragte Jasmina.

„Na das was wir gemacht haben kann man wohl kaum als 'links' bezeichnen oder?"

„Wieso nicht? Alles was wir und vor allem der Führer gemacht haben, haben die Linken doch auch getan. Einen Führerkult findet man bei denen ebenso wie bei uns. Dann die Gleichmacherei. In unserer Bewegung wollten wir auch, dass alle gleich sind; ebenso wie die Roten. Und wehe denen, die nicht ins Schema passten; auch wie bei den Roten. Nur bei uns basierte die 'Gleichheit' auf der Abstammung und bei den Roten basiert sie auf der Ideologie. Und wer nicht 100 Prozent in die Ideologie hineinpasst, der wird eben bekämpft. Vielleicht unterscheiden wir uns in einzelnen Detailfragen, aber alles was in Bewegungen wie der Unseren zu finden war, fand man auch bei den Roten. Damit wären wir dann auch beim Unterschied zwischen 'Antifaschismus' und 'Antitotalitarismus'. Ersterer ist nur gegen alles gerichtet was als 'faschistisch' empfunden wird und das ist für gewöhnlich alles was dem linken Denken auch nur ansatzweise widerspricht. Letzterer ist gegen jede Form von Totalitarismus gerichtet; also egal ob Kommunismus, Faschismus oder Nationalsozialismus, wobei alle drei Ideologien Dinge wie den Führerkult und die Unterdrückung Andersdenkender gemeinsam haben. Auch wenn Faschisten wie Horthy, Salazar und Franco bei ihren Völkern sehr beliebt waren und zum Teil noch immer sehr beliebt sind, ändert das nichts daran, dass unter ihrer Herrschaft Leute mit anderer Meinung nichts zu lachen hatten", diagnostizierte Jasmina.

„Hieß der Typ nicht eigentlich 'Horty' anstatt 'Horthy'?", fragte meine beste Freundin, die es manchmal auch nicht so mit Namen hatte.

„Meine Güte. Hängen wir uns nicht an Details auf. Unsere Bewegung hat sehr viel mit allen drei Spielarten des Totalitarismus gemeinsam. Man kann sie eigentlich auch als 'links' betrachten obwohl die Sache mit der Wichtigkeit der magischen Abstammung eigentlich eher in eine andere Richtung deutet. Auf jeden Fall gibt es eine Menge Überschneidungen. Zumal... wenn man es genau nimmt, sind die Linken ja zum Teil genauso für Rassentrennung wie einige ihrer Gegner. Sie trennen die Rassen nur nicht im Namen von Rassismus, sondern im Namen von Antirassismus. Zum Beispiel indem sie kulturellen Austausch untersagen und ihn als 'kulturelle Aneignung' bezeichnen. Etwa wenn sie Weißen Rastalocken verbieten. Nicht das ich mir so eine beknackte, klebrige Frisur jemals machen würde, aber es ist schon absurd, wie diejenigen, die sich angeblich individuelle Freiheit auf die roten Fahnen geschrieben haben wollen, den Leuten vorschreiben wollen, wie sie sich die Haare machen sollen. Oder was sie essen dürfen. Oder wie sie ihr Essen nennen dürfen; Stichwort 'Negerkuss'. Hat was von 'Der neue Faschismus wird nicht kommen und sagen: Seht her, ich bin der neue Faschismus. Sondern er wird sagen: Sehr her. Ich bin der neue Antifaschismus'. Und dann sind da sowieso noch all die Gespräche im Netz, die sagen das Leute wie der Hitler und seine Partei eigentlich eher Linke waren; immerhin nannten sie sich ja sogar 'Sozialisten'. Also ich sehe das alles sehr skeptisch", erklärte Jasmina.

„Aber wenn dir das nicht gefällt, warum hast du dann bei

uns so engagiert mitgemacht?", fragte Mindy nun.

„Na weil meine Freundinnen dabei waren. Und weil ich das alte System los werden wollte. Ist beispielsweise das Ministerium etwa vor unserem Führer anständig und gerecht gewesen? Wohl eher nicht. Gut, mit ihm gewiss auch nicht, aber wenigstens wäre ich mit an der Macht gewesen und nicht länger ohnmächtiges Opfer eines unfähigen Systems."

Ich klopfte Jasmina auf die Schulter. „Kann ich verstehen. Aber in deiner Analyse liegst du falsch. Wir, also die Schlangengarde, waren und sind weder faschistisch, noch kommunistisch oder gar nationalsozialistisch. Im Übrigen waren wir nie so verlogen und doppelmoralisch wie die Nazis. Diese Irren mit ihrem 'Wir bringen alle Behinderten um, aber der Goebbels mit seinem Klumpfuß darf bleiben'. Oder 'Wir töten alle Juden, aber den Emil Maurice machen wir zum Ehrenarier' und 'Wer ein Jude ist, entscheide ich'. Was für eine verlogene, von Doppelmoral zersetzte Bande. 'Niemand darf Rassenschande betreiben, aber Goebbels Ehefrau war vor ihm mit einem jüdischen Zionisten zusammen'. 'Niemand darf Drogen nehmen, aber wenn Göring sich mit Medikamenten zuballert; okay'. Einerseits wegen Dekadenz herumheulen und andererseits den Göring sich so fett fressen lassen, dass er in kein Flugzeug mehr passt. Warum haben die ihn nicht an die Ostfront gerollt; damit hätten sie Stalins rote Walze locker aufhalten können. Nein, mit diesen verlogenen, doppelzüngigen Leuten haben wir nichts am Hut. Wir sind eine Elitekampftruppe... oder hätten es zumindest sein sollen, wenn wir im Kampfeinsatz gewesen wären. Mit der Politik haben wir fast ebenso wenig zu tun wie die Wehrmacht damals in Deutschland. Und die waren, bis auf wenige Ausnahmen, eine durchaus saubere, ehrenhafte Truppe. Ähnlich wie wir. Im Übrigen wurde jede Ausstellung, die bisher gegen die Wehrmacht gehetzt hat, von nicht gerade wenigen ausländischen Historikern wegen ihrer massiven Fehlerhaftigkeit auseinander genommen", sagte ich ihr.

„Da gibt es eine Sache, die ich nicht verstehe", meinte Mindy.

„Welche denn?", fragte ich.

„Warum wurden wir eigentlich nie richtig im offenen Kampf eingesetzt?"

„Gute Frage. Ehrlich gesagt kann ich da nur spekulieren. Vielleicht fand der Führer ein paar von uns noch zu jung... Nein. Das kann es nicht sein. Als er mich rekrutierte, war ich noch deutlich jünger und er glaubte zu diesem Zeitpunkt, schnell wieder da sein zu können. Vielleicht hat er wegen der Masse an Anhängern den Überblick behalten."

„Möglich", stimmte Jasmina zu.

„Oder aber es gab Koordinationsschwierigkeiten, weil einige seiner Leute ohne seinen Befehl Aktionen durchgeführt haben", spekulierte ich.

„Er wird wohl einfach zu viel zu tun gehabt und sich darauf verlassen haben, dass in der Zauberschule alles glatt geht und wir dort schon für Ordnung sorgen", meinte Mindy.

„Richtig! Wir waren ja für die Schule zuständig. Das war unsere Hauptmission. Er hat uns ja für die anderen großen Kämpfe nicht benötigt; wir sollten zusammen mit unserem Lehrer auf die Schule aufpassen und dort alles unter Kontrolle halten", entgegnete ich.

„Ja, das wissen wir doch. Aber wieso hat er uns nicht wo

anders eingesetzt? An einen Ort, wo wir nicht so leicht überrumpelt worden wären?", fragte Mindy.

„Wo wäre es denn bitte schwerer gewesen uns zu überrumpeln, als in einem Gebäude das wir seit bestimmt mehr als zehn Jahren kannten?", antwortete ich mit einer Gegenfrage.

„Offenbar war es ziemlich leicht. Sie nahmen uns ohne Kampf gefangen", bemerkte Jasmina.

„Wäre es anderswo denn weniger leicht gewesen?", fragte ich.

„Anderswo wären wir vielleicht wachsamer gewesen. Wir wurden dort ja überrumpelt, weil wir nie gedacht hätten, plötzlich so vielen Gegnern gegenüber zu stehen. Daran ist nur dieser verdammte Held schuld", fluchte Mindy.

„Ja", pflichtete ihr meine beste Freundin bei.

„Daran sind wir zum Teil wohl auch ein bisschen selbst schuld. Aber ja, die haben uns überrumpelt. Und vielleicht wäre es bei einem offenen Kampfeinsatz besser gelaufen. Vielleicht wusste der Führer aber auch, dass wir Anfänger waren und wollte uns etwas Einfaches erledigen lassen. Hätten wir dieses Einfache erledigt, hätte er vielleicht den Krieg gewonnen. Wir sind womöglich schuld daran, dass er vernichtet wurde. Zumindest zum Teil. Die Hauptschuld trägt dieser Doppelagent. Eigentlich ist es alles seine Schuld, wenn man es genau nimmt. Wir waren ihm dort praktisch unterstellt und dann zieht er so etwas ab", erklärte ich.

„Im offenen Kampf auf dem Schlachtfeld hätten viele von uns zumindest eine Überlebenschance gehabt. Stattdessen wurden fast alle unsere Leute im Keller abgeschlachtet", bemerkte meine beste Freundin.

Mindy und Jasmina blickten traurig zu Boden. „Der offene

Kampf ist auch nicht einfach. Vergesst nicht, ich war dabei als dieser schmierige Handlanger den Führer zurück geholt hat. Er kämpfte gegen den Helden und das war nicht ohne. Stellt euch das mal Einhundert vor! Ich denke, wir können spekulieren, analysieren und ewig lange darüber nachdenken was hätte sein können. Trotzdem müssen wir mit dem leben was nun einmal ist. Und Fakt ist, dass wir den Krieg verloren haben und das Beste daraus machen müssen. Fakt ist, dass er uns in der Schule haben wollte und wir es umständebedingt nicht hingekriegt haben."

„Aber hätte er uns nicht bei Kämpfen lange vor der Schlacht einsetzen können?", fragte mich Jasmina.

„Hätte, hätte Fahrradkette. Es ist aber nun einmal so gekommen und wir sollten froh sein, dass wir überlebt haben. Wir sind es all unseren gefallenen Kameraden schuldig, dass wir unser Leben sinnvoll nutzen", meinte ich.

„Ja. Zum Beispiel, indem wir dir eine Freundin suchen", fiel meiner besten Freundin wieder ein.

Mindy und Jasmina schienen sich einen Blick zuzuwerfen und wenn ich mir diesen nicht eingebildet und ihn richtig gedeutet habe, bedeutete er so viel wie: „Toll. Da haben wir es endlich geschafft sie von ihren jetzigen Sorgen ein bisschen abzulenken und die reißt ihre Wunde gleich wieder auf."

Aber mir ging es durch das Gerede mit meinen Freundinnen schon wieder viel besser. „Ich denke, ich versuche es in erster Linie mal hier auf der Uni. Auch wenn ich aus dem Schlangenhaus komme; das wird ja schließlich nicht jeden stören. Emma hat es jedenfalls nicht wirklich abgehalten", meinte ich, wobei ich mir nicht so recht erklären konnte, wo diese Zuversicht plötzlich her kam.

Doch schon bald sollte ich ganz andere Sorgen haben.

*

Ein paar Tage lang war alles in Butter. Ich ging zum Unterricht, lernte ein wenig etwas und versuchte die Zeit zu genießen. Als ich dann jedoch eines Abends über das Universitätsgelände spazierte, fiel ich plötzlich zu Boden. Kurz bevor ich das Bewusstsein verlor, sah ich zwei Gestalten über mir und eine hielt offenbar einen Zauberstab in der Hand. „Jetzt haben wir sie", sagte die andere Gestalt, bevor alles um mich herum schwarz wurde.

Keine Ahnung was für ein Zauber mich da getroffen hatte, aber als ich wieder aufwachte, war ich an einen Stuhl gefesselt. „Hallo Schlampe. Ich möchte ein Spiel spielen", sagte eine Stimme.

Ich drehte meinen Kopf zur Seite und sah links von mir einen Typen sitzen. „Und ich auch", fügte plötzlich eine andere Stimme hinzu.

Ich drehte mich nach rechts und da saß ein anderer Kerl. Irgendwie kamen mir beide Männer bekannt vor. „Wer bist 'n du?", fragte ich an den Typen links von mir gewandt.

„Hör auf Spielchen zu spielen! Du weist genau wer ich bin!", brüllte er mich daraufhin an.

„Hä? Ich soll aufhören Spielchen zu spielen? Ich dachte, Ihr zwei wolltet ein Spiel spielen. Oder habe ich da was falsch verstanden?", fragte ich dreist.

Daraufhin schlug mir einer der beiden mitten ins Gesicht. Der andere wollte ihm offenbar in nichts nachstehen und schlug mir mit der Faust mit voller Wucht gegen den Hinterkopf. Mann, tat das weh. Aber ihm auch, wie ich seinem „Aua!"-Ausruf entnehmen konnte.

„Du Schlampe hast ihm weh getan!", rief daraufhin der andere und schlug mir wieder ins Gesicht.

Diesmal sehr viel doller, sodass ich aus der Wange blutete.

„Scheiße! Was stimmt mit euch nicht?! Was zur Hölle wollt Ihr von mir?!"

„Das weißt du ganz genau", lautete die völlig bescheuerte Antwort.

„Nein! Eben nicht. Woher zum Geier soll ich das wissen? Wüsste ich es, würde ich nicht danach fragen", entgegnete ich.

„Vielleicht weiß sie es wirklich nicht", überlegte der Typ, der sich die Hand hielt.

„Unsinn Don. Sie weiß es."

„Hör auf deinen Freund; er scheint der Klügere von euch beiden zu sein", stellte ich fest und grinste.

„Die Schnalle ist völlig irre. Die provoziert uns auch noch. Na schön; wenn sie es darauf anlegt", meinte der Typ und begann mehrmals hinter einander auf mich einzuschlagen. Nach etwa dreißig Schlägen auf verschiedene Stellen meines Körpers brauchte er eine Pause. Don wendete in der Zwischenzeit einen Zauber an, um seine Hand zu heilen. Ich spuckte etwas Blut und verkündete: „Das ändert aber noch immer nichts an der Tatsache, dass ich keine Ahnung habe, was ihr zwei Pappnasen eigentlich von mir wollt."

„Sie weiß es wohl wirklich nicht", meinte Don.

Der außer Puste geratene Schläger atmete schwer. Er

musst erst ein paar mal Luft holen, bevor er sagte: „Das ist, weil du mit seiner Emma und meiner Freundin geschlafen hast. Sie haben uns alles gebeichtet."

„Und was habt Ihr Mistkerle mit ihnen angestellt?", fragte ich nun etwas besorgt.

„Gar nichts. Sie können nichts dafür. Sie sind unschuldige Opfer deiner Bosheit. Darum werden Don und ich Rache an dir nehmen."

„Und was sagen eure Mädels dazu?", fragte ich.

„Die wissen nichts davon und werden es auch nie erfahren", lautete seine Antwort.

„Das heißt, Ihr werdet mich erst foltern und dann töten?", lautete meine nächste Frage.

„Ja."

„Hey. Moment mal! Von 'töten' war aber nie die Rede. Wir wollten sie doch bloß etwas verprügeln, weil sie mit unseren Mädchen herumgevögelt hat", meldete sich Don nun zu Wort.

„Und sollen wir etwa zulassen, dass sie uns im Anschluss verpfeift?"

„Sie ist eine aus dem Schlangenhaus; der glaubt doch sowieso keiner. Außerdem hatten wir alles im Detail besprochen. Wir standen vor dem Problem, dass derjenige der mit unseren Frauen gepennt hat selbst eine Frau ist und wir eigentlich ja so erzogen sind, dass man Mädchen nicht schlagen darf. Da sie aber lesbisch ist, beschlossen wir sie wie einen Jungen zu behandeln und durch Prügel zu bestrafen. Alles war bis ins Detai besprochen und geplant", erinnerte Don seinen Mitstreiter.

„Pläne können sich auch mal ändern. Ich jedenfalls will sie umlegen."

„Das kommt gar nicht infrage! Sie wird nicht umgelegt!

Sie mag ein Miststück sein, aber das geht zu weit", fand Don.

„Ach komm schon. Als ob du im Krieg niemanden gekillt hättest."

„Habe ich, aber das war Notwehr. Wir vom Griffelhaus sind ehrenhafte Kämpfer."

„So ehrenhaft, dass ihr mich bewusstlos zaubert und entführt habt", bemerkte ich spitzzüngig.

„Halt die Klappe! Ich versuche hier dein Leben zu retten", antwortete Don.

Damit hatte er gar nicht mal so unrecht, also schwieg ich erstmal. „Mord kommt nicht infrage. Wie gesagt, sie ist eine fiese Schlampe, aber den Tod hat sie nicht verdient. Sie hat mit unseren Mädchen nichts gemacht, was die nicht auch wollten; das weißt du ebenso gut wie ich. Prügel, ja Prügel hat sie verdient. Eine Lektion braucht sie auf alle Fälle; aber umbringen werden wir sie nicht. Und hättest du mir gesagt, dass du sowas vor hast, hätte ich nicht nur nicht mitgemacht, sondern sie sogar vor dir gewarnt."

„Oh Don. Müssen wir das vor unserer Gefangenen besprechen? Wollen wir nicht lieber kurz mal nach oben gehen und dort weiter reden?", bot der andere Kerl an.

„Na gut. Aber du wirst mich nicht umstimmen", meinte Don selbstsicher.

Also gingen die beiden nach oben. Ungefähr zehn Sekunden später hörte ich den anderen Typen einen Betäubungszauber sprechen. Kurz darauf kam er wieder nach unten. „So. Don schläft jetzt eine Weile den Schlaf der Gerechten. Wir haben also ganz viel Zeit", sagte er.

„Du kannst mich gerne töten, aber das ändert nichts daran, dass deine Freundin eben auch Frauen mag", entgegnete ich kühl.

„Das wäre sogar etwas womit ich noch leben könnte. Womit ich nicht leben kann, ist dass sie eine aus deinem Haus mag. Ihr seid das Haus des Bösen; alles Übel der vergangenen Jahre ist nur eure Schuld. Und jetzt das mit meinem Schatz. Dafür werde ich dich vernichten."

„Na dann zeig mal was du drauf hast, du Gutmensch", sagte ich und grinste ihn böse an.

Er kam auf mich zu. Ich spuckte ihm etwas Blut ins Gesicht. Dafür verpasste er mir einen erneuten Schlag. Dann holte er seinen Zauberstab hervor und beschwor ein paar Schlangen herauf. Diesen befahl er in meine Richtung zu schlängeln und mich zu beißen und zu würgen. „Schlangen für die Fotze aus dem Schlangenhaus. Das ist doch mehr als angemessen, findest du nicht?", stellte er mir eine Fangfrage.

Doch irgendwie taten die Schlangen nicht so recht das was er wollte. Statt auf mich, gingen sie plötzlich auf ihn los. „Hey! Was soll das?! Aufhören!", schrie er und gerade als die erste Schlange ihn erreichte, zauberte er sie noch rechtzeitig wieder weg.

„Tja, das wahr wohl nichts", bemerkte ich frech.

Er schaute mich mit hassverzerrtem Gesicht an. „Was denn? So ein böser Gesichtsausdruck? Ich dachte, Ihr seid die Guten und wäret alle gegen den Hass", sagte ich; diesmal mit ganz unschuldiger Klein-Mädchen-Stimme. Das machte ihn richtig rasend. Vielleicht hätte ich stattdessen um Gnade betteln sollen. Vielleicht hätte ich ihm erklären sollen, dass ich seine Freundin wirklich liebte und gewiss nicht mal halb so böse war, wie er es von mir dachte. Aber mir war nicht danach vor diesem Typen zu Kreuze zu kriechen. Was dachte der Kerl eigentlich wer er wahr? Vor ihm kniete ich ganz sicher nicht.

„Du Miststück. Jetzt werde ich richtig los legen!", kündigte er an.

Daraufhin verdrosch er mich noch einmal kräftig und dann band er mich los. Ich hatte ziemlich etwas abgekriegt, aber als ich die Gelegenheit erkannte, verbiss ich mich mit voller Wucht in seinem Oberarm. Er schrie laut auf. Dann prügelte er mit seiner freien Hand auf mich ein, aber ich ließ nicht los. Ich biss ihn in den Oberarm, bis ich sein Blut schmeckte. Er begann zu brüllen: „Lass los, du dreckige Nutte!"

Dabei schlug er weiter mit seiner Faust auf mich ein. Dann kam er auf die Idee, mich an den Haaren zu packen und zog mich mit all seiner Kraft von seinem linken Oberarm weg. Meine Zähne und ich nahmen ein schönes Stück von seiner Haut und seinem Fleisch mit. Er schrie noch mehr vor Schmerzen. Dann nahm er wieder seinen Zauberstab und wendete einen Fesselzauber an, sodass ich gefesselt am Boden lag. Die Arme waren hinter meinem Rücken verschnürt und ich konnte nicht aufstehen. Er blutete ganz schön, wendete aber sofort einen Heilzauber auf sich selbst an. „Jetzt gebe ich es dir richtig, du Schlangenmiststück! Du hast meine Freundin gebumst, also kriegst du es jetzt von mir."

Daraufhin fiel er über mich her. Ich tat ihm nicht den Gefallen zu schreien, sondern ließ es einfach über mich ergehen, so wie schon damals im Keller. Nur war ich diesmal gefesselt und würde ihn wohl leider nicht erwürgen können.

Als er fertig war, schien er ein wenig außer Puste. Ich sagte daraufhin zu ihm: „Weißt du, mein letzter Vergewaltiger war nicht so schnell wie du. Kein Wunder, dass dein Mädchen lieber mit Frauen schläft. Denkst du, ich bin die Einzige?"

„Jetzt reichts! Dafür kriegst du den Todesfluch! Du elende Hure!"

Er nahm wieder seinen Zauberstab und ich sah mich schon beim Führer in der nächsten Welt, als plötzlich ein Betäubungszauber erklang und er einfach umfiel. Emma und die süße Französin kamen die Kellertreppe hinunter geeilt und zauberten mich rasch von meinen Fesseln los.

„Wie konnten sie nur so etwas tun?", fragte Emma schockiert.

Die Französin wendete mehrere Heilzauber auf mich an, sodass ich immerhin wieder aufstehen konnte. Laufen war aber noch etwas schwierig. Also trugen sie mich die Kellertreppe hinauf und sagten mir, dass sie mich zum Verbindungshaus meiner Truppe bringen würden. „Es tut mir so leid", sagte die Französin auf dem Weg dorthin.

„Mir auch", stimmte Emma geknickt mit ein.

„Na ja, dein Freund wollte mich nur verprügeln", sagte ich an Emma gewandt und fügte dann in Richtung meiner Liebsten hinzu: „Aber deiner hat mich richtig verdroschen, dann vergewaltigt und wollte mich anschließend umlegen. Nicht einfach nur umlegen; zu Tode foltern. Zugegeben, ich habe ihn zum Todesfluch provoziert, aber er hatte noch weitaus Schlimmeres vor. Der Fluch wäre wenigstens schnell gegangen."

„Das hätte nicht passieren dürfen", sagte die Süße.

„Es tut uns so unendlich leid", fügte Emma hinzu.

„Von Euren 'Tut mir Leid's kann ich mir nichts kaufen", entgegnete ich.

„Wir wollten nicht, dass so etwas passiert", meinte Emma.

„Was wolltet Ihr dann?", fragte ich.

„Wir wollten ehrlich zu unseren Freunden sein. Wir wollten das Richtige tun, denn Beziehungen basieren auf Ehrlichkeit", fand Emma.

„So ein Schwachsinn. Beziehungen fangen bereits mit Lügen an. Man macht sich zum Ausgehen fein, legt jede Menge Schminke auf, verheimlicht bei Gesprächen peinliche Hobbys. Man wägt jeden Schritt detailgetreu ab. Man hat Angst dem Anderen zu viele oder zu wenige Nachrichten zu schicken; früher per Eule, heute per SMS."

„Ich habe eine meiner Eulen tatsächlich 'SMS' genannt", versuchte Emma die Situation aufzulockern.

„Toll für dich. Was hat Euch denn jetzt die falsche Ehrlichkeit gebracht?", fragte ich.

„Wieso denn falsche Ehrlichkeit?", antwortete mein Augenstern mit einer Gegenfrage.

„Na hättet Ihr das Ganze für euch behalten, hättet Ihr zwar ein schlechtes Gewissen, aber eure Freunde wären zufrieden und ich wäre nicht so zugerichtet. Ihr wart ehrlich, damit es euch besser geht. Das war Ehrlichkeit aus Selbstsucht, also falsche Ehrlichkeit", fand ich.

„Wir wollten doch nur nicht, dass etwas zwischen uns und unseren Jungs steht", verteidigte sich Emma.

„Und was steht jetzt zwischen euch und euren Jungs? Ein Keller voller Blut. Ganz zu schweigen von meinem Wunsch nach Rache."

„Nein, bitte nicht. Komm schon. Verzichte bitte auf

Rache", bettelte Emma.

„Nun, dein Dummkopf Don hat ja versucht Schlimmeres zu verhindern und wenn ich nur ein wenig Schläge für das Poppen mit euch bekommen hätte, würde ich sagen: 'Scheiß drauf. War nicht ganz unverdient'. Aber dein Freund mein Herzblatt hat es mehr als nur zu weit getrieben und wärt Ihr nicht gekommen, wäre ich jetzt tot", stellte ich klar.

„Dann bist du uns eigentlich etwas schuldig, oder? Immerhin haben wir dein Leben gerettet", überlegte Emma.

„Netter Versuch. Ihr zwei Hühner habt mein Leben erst in Gefahr gebracht, weil ihr nicht einfach ruhig auf eurer Stange sitzen konntet, sondern unsere Erlebnisse in die Welt hinausschnattern musstet."

„Aber woher hätten wir wissen sollen, dass unsere Männer so reagieren?", fragte Emma.

Ich stellte fest, dass meine kleine Französin kaum etwas zu dem Thema sagte. Sie wirkte sehr beschämt. „Ja kennt Ihr denn eure Kerle nicht?", fragte ich.

„Offenbar nicht so gut wie wir bisher dachten", sagte meine Süße daraufhin.

„Wie können wir das nur wieder gutmachen?", fragte Emma betroffen.

„Oh, ein paar Ideen hätte ich da schon", meinte ich.

„Und welche?", fragte Emma hoffnungsvoll.

„Also. Du liebe Emma tust folgendes."

Emma wurde ganz Ohr. „Du schneidest deinem Freund eine Hand ab und bringst sie mir."

„Oh Gott!", rief Emma entsetzt aus und man konnte sehen, dass ihr schlecht wurde.

Dann wandte ich mich an die hübsche Französin: „Und du

bringst mir den abgesägten Kopf deines Freundes. Wohlgemerkt, den Abgesägten. Nicht abhacken, absägen. Das dauert länger."

„Dir ist schon klar, dass wir das ganz bestimmt nicht tun werden, oder?", fragte mein Schatz.

Natürlich war mir das klar. Umso mehr hoffte ich darauf, dass sie auf meinen nächsten, weniger brutalen Vorschlag eingehen würde. Das war der Plan: Zunächst etwas Großes verlangen und eine Absage bekommen und dann etwas Kleineres fordern und es kriegen.

„Dann hätte ich einen anderen Vorschlag: Keine abgeschnittenen Körperteile. Stattdessen wirst du meine feste Freundin und schießt deinen Stecher in den Wind." Die hübsche Französin schaute mich an. Sie schien zumindest einen Augenblick lang darüber nachzudenken. Doch dann sagte sie: „Nein, das geht nicht."

„Wieso nicht?", fragte ich.

„Aus demselben Grund, den ich dir schon das letzte Mal genannt habe: Ich liebe ihn", lautete ihre saudumme Antwort.

„Dir ist schon klar, dass er ein verdammter Vergewaltiger ist oder?", lautete meine nächste Frage.

„Ja, aber ich liebe ihn trotzdem."

„Das kann doch nicht dein Ernst sein!", rief ich entgeistert aus.

„Doch."

„Ich fasse es nicht. Wie kannst du dieses Schwein nur lieben?"

„Es ist eben so. Oftmals kann man einfach nicht völlig klar in Worte fassen, warum man jemanden liebt", meinte sie.

„Aber man kann in Worte fassen, warum man jemanden

hasst. Und ich habe gleich zwei Gründe, ihn zu hassen! Wenn du wenigstens mit einem dieser Zwillingstypen zusammen wärst, so wie deine ehemalige Schulkameradin, die damals auch beim Turnier bei uns zu Gast war. Das sind zwar zwei Vollspacken, aber wenigstens keine solchen Psychos."

„Ist nicht einer dieser Zwillinge draufgegangen?", fragte die Französin.

„Keine Ahnung. Vielleicht haben sie sich auch geklont und sind jetzt Vierlinge. Ich weiß es nicht und es ist auch nicht meine Angelegenheit. Lenk also bitte nicht vom Thema ab. Du weißt, was dein Freund mir angetan hat und willst trotzdem bei ihm bleiben? Das ergibt keinen Sinn", fand ich.

„Na ja, er hat im Krieg eben viel durchgemacht", rechtfertigte sie sich.

„Haben wir das nicht alle? Was wäre wenn ich so eine Scheiße abziehen würde?"

„Du hast im Krieg ja auch Scheiße abgezogen. Du hast für den finsteren Führer gearbeitet", meinte sie.

„Du meine Güte! Schon wieder diese alten Kamellen. Sag mir was?! Was genau habe ich im Dienste des Führers Schlimmes getan?! Welche Verbrechen habe ich konkret begangen? Na los, sag es mir! Nenne mir drei! Oder noch einfacher: Nenne mir zumindest eines!", forderte ich sie auf.

Wir befanden uns inzwischen in der Nähe meines Verbindungshaus. Ich konnte es kaum erwarten, dort hinein zu gehen und mich in den geschützten Bereich zu begeben. Geschützt war dieser Bereich, weil meine Kameraden, meine Truppe sich dort drinnen befanden. Der Französin fielen wenig überraschend keine

Verbrechen meinerseits ein. Sie schwieg. Also redete ich, aber erstmal an Emma gewandt: „Sag mal, Emma. Dein Freund, liegt er vielleicht noch bewusstlos bei meinem Peiniger im Haus? Was ist, wenn der Kerl aufwacht? Wird er dann nicht demjenigen die Schuld geben, der sich weigerte ihm zu helfen?"

„Oh Gott! Du hast recht!", rief Emma aus und rannte sofort los, um ihrem Liebsten zu helfen.

„Du bist sie sehr geschickt los geworden", stellte die Französin fest.

„Danke."

„Ich nehme an, du wolltest mit mir allein reden?"

„Ja."

„Na komm. Lass dir nicht jedes Wort einzeln aus der Nase ziehen. Ich habe den Eindruck, du hast noch einen weiteren Vorschlag für mich?"

„Richtig."

„Und wie lautet er?"

„Du musst deinen Freund nicht für mich töten."

„Wie schön", sagte sie und schien erleichtert.

Ich ließ ihre Erleichterung sogleich zerplatzen: „Weil ich ihn töten werde."

„Was? Nein! Das darfst du nicht tun! Ich liebe ihn und wenn du ihn tötest, müsste ich dich umbringen. Und selbst wenn ich das nicht täte, der große Jarry Yotter würde es bestimmt tun; immerhin ist mein Liebster ein alter Kriegskamerad von ihm. Bitte verzichte auf deine Rache; töte ihn nicht."

„Das du diesen Kerl liebst ist unfassbar. Noch unfassbarer ist, dass ich dich trotzdem noch immer liebe."

„Siehst du, Liebe kann man nicht erklären", stellte sie fest und dabei schwang ein kleiner Triumph in ihrer Stimme mit.

„Was bist du bereit zu tun, damit ich ihn nicht umlege?",
fragte ich.

„Alles", antwortete sie viel zu schnell ohne nachzudenken.
Meine Herren, sie musste den Scheißkerl wirklich lieben.
Sie hätte besser eine kurze Pause machen und nachdenken
sollen. Es wird wohl kaum jemanden überraschen, wenn
ich daraufhin noch einmal finster lächelnd nachfragte:
„Wirklich alles?"

„Ja, natürlich. Oh... warte..., nein..."

„Nein? Nein wozu?", fragte ich und kannte die Antwort
genau.

„Ich werde ganz bestimmt nicht wieder mit die schlafen.
Das nimmt kein gutes Ende."

„Wieso? Was soll dein Freund schon machen? Mich in
einen Keller sperren, mich halb tot prügeln und
missbrauchen? Oh! Moment! Hat er ja schon!", entgegnete
ich.

„Du bist völlig irre", stellte sie das Offensichtliche fest.

„Mag sein. Aber ist der Rest der Welt, egal ob nun
Zauberwelt oder Menschenwelt, denn weniger irre als
ich?"

„Nein. Eigentlich nicht. Aber ich kann nicht wieder mit dir
schlafen."

„Du kannst nicht oder du willst nicht?", fragte ich.
Darauf antwortete sie nicht. Stattdessen biss sie sich auf
die Lippen, wie diese Schauspielerin in dem Film „Madam
Web", die verdächtig schnell ihren Agenten gefeuert hatte.

„Ich mache dir einen Vorschlag. Aber vorher beantworte
mir eine Frage: Du sagtest, wenn ich deinen Freund
umlege, müsstest du mich killen. Hälst du dich für die
stärkere Magierin?"

„Ja. Natürlich. An meiner Mädchenschule gehörte ich zu den Besten. Hätte man mich zur Teilnehmerin damals am Turnier gemacht, hätte ich vielleicht sogar gewonnen."

„Hättest du nicht. Das Turnier war eine Falle des Führers, aber egal. Also glaubst du, mich beim Zaubern besiegen zu können?"

„Ich denke schon", antwortete sie zuversichtlich.

„In Ordnung. Dann gehe ich kurz in die Unterkunft und hole meinen Zauberstab."

„Aber du kannst kaum gehen. Du bist immer noch total fertig", meinte sie und stützte mich, während ich auf das Verbindungshaus zulief.

„Dann gehen wir zusammen ins Haus", meinte ich.

Also schleppten wir mich ins Haus. Drinnen sprang meine beste Freundin auf und rief: „Wo warst du?! Wir haben uns Sorgen gemacht! Mindy und Jasmina suchen nach dir und auch die Jungs sind überall unterwegs, weil sie sich fragen wo du steckst."

„Erkläre ich euch später. Ruf sie alle an und sag ihnen, dass ich wieder da bin. Sag ihnen auch, sie sollen zum Haus zurück kommen und hier richtig schön wachsam sein. Ich muss was mit der Kleinen hier regeln."

„Hey! Ich bin eigentlich genauso groß wie du", meinte die süße Französin.

„Ja, wenn du Stöckelschuhe an hast, was im Moment auch der Fall ist. Los jetzt, bring mich in mein Zimmer", forderte ich sie auf.

Gemeinsam brachten wir mich die Treppe hinauf und ab ins Zimmer. Dort holte ich einen meiner Zauberstäbe auf dem weißen Nachttisch hervor. Der andere Stab war wahrscheinlich noch im Folterkeller. „So. Jetzt finden wir heraus, wer von uns die bessere Zauberin ist", meinte ich und grinste dabei.

„Nein! Du bist doch total fertig; trotz der Heilungszauber. Ich will dir nicht weh tun", sagte sie und sah dabei wirklich besorgt aus.

Also lag ihr wohl doch noch so einiges an mir. Ihr ängstlicher Gesichtsausdruck im Bezug auf meine Gesundheit sprach Bände. „Keine Angst. Wir zaubern nichts Heftiges. Ein einfacher Zauber. Wir versuchen der jeweils anderen den Stab aus der Hand zu zaubern. Wer schneller ist, hat gewonnen."

Sie atmete erleichtert auf. „Okay. Wenn es nur das ist; das können wir gerne machen."

Also nahmen wir beide unsere Zauberstäbe zur Hand und ich war diejenige, die „Los" sagte. Ich war deutlich schneller als sie, was mich sehr zufrieden stimmte.

„Na gut. Du hast also gewonnen, aber das bedeutet nicht, dass du in allem besser bist", fand meine Süße.

„Gewiss nicht in allem, aber das ist praktisch die Grundlage. Wer bei so einer Sache deutlich schneller ist, der ist auch bei den anderen, den richtigen Angriffszaubern schneller. Zumal er ja auch schnell genug ist, um seinem Gegner, in diesem Fall dir, den Stab aus der Hand zu zaubern, was zur Folge hat, dass du überhaupt keinen Zauber mehr wirken kannst."

„Da hast du wohl schon irgendwie recht", musste sie einräumen.

„Von daher hättest du bei einem echten Kampf wohl auch eher geringe Chancen auf einen Sieg", stellte ich fest.

„Das ist nicht hundertprozentig sicher."

„Natürlich nicht, aber es ist doch mehr als wahrscheinlich."

„Was wäre, wenn ich dich hätte gewinnen lassen?", fragte

sie.

„Hast du denn? Sah nicht so aus."

„War auch nicht so", räumte sie ein.

„Also. Mein Vorschlag bleibt: Ich verzichte darauf den Scheißkerl zu töten, wenn du dafür mit mir schläfst."

„Du kannst es nicht lassen, oder?"

„Warum sollte ich auch?"

„Oh mann."

„Na komm. Wir sitzen hier sowieso schon auf einem Bett. Auf meinem Bett. Es ist ein sehr gemütliches Bett. Testen wir es doch gemeinsam aus", schlug ich vor.

„Und wenn ich mit dir penne, wirst du ihn wirklich nicht töten?", fragte sie, um ganz sicher zu gehen.

Ich nickte. Daraufhin beugte sie sich zu mir rüber und küsste mich. Sie war also bereit, ihre Pflicht zu tun.

*

Diesmal ging es mit ihr nicht so wild zu wie beim letzten Mal. Sie hielt sich zurück, um meinen angeschlagenen Körper zu schonen. Als wir fertig waren, zog sie sich wieder an und fragte noch einmal nach: „Also du lässt ihn wirklich am Leben?"

„Ja."

„Danke."

„Für eine Woche", fügte ich hinzu.

„Wie? Was meinst du damit?"

„Ich verschone sein Leben für eine Woche. Nächste Woche kommst du wieder und wir treiben es erneut. Dann hat er wieder eine Woche. Und so weiter..."

„Aber das ist nicht fair!", rief sie aus.

„Wem gegenüber?", fragte ich.

„Na ihm! Ich würde ihn jede Woche betrügen!"

„Na und? Er ist ein Schweinehund und hat es nicht besser verdient. Nein! Streich das. Ihn als 'Schwein' oder 'Hund' zu bezeichnen ist diesen Tieren gegenüber ungerecht. Wenn Schweine und Hunde scheißen und die Scheiße vermischt sich; das ist dein fester Freund", meinte ich.

„Aber ich wollte ihm doch immer treu sein", klagte sie.

„Warst du ihm denn gerade eben treu?"

„Nein..., aber..."

Ich ließ sie nicht ausreden: „Und vielleicht noch viel wichtiger: War er dir immer treu?"

„Ja", antwortete sie wie aus der Pistole geschossen. Daraufhin räusperte ich und zeigte auf mich selbst. Zögerlich änderte sie ihre Antwort in „Nein."

„Gut. Dann ist die Sache also klar. Du kommst einmal die Woche zu mir und wir haben unseren Spaß. Damit verschaffst du deinem Freund eine Woche länger auf dieser Welt. Sollte er jedoch nochmal versuchen mich zu entführen oder umzulegen; ich werde in Zukunft eindeutig wachsamer sein und dann entsprechend handeln", erklärte ich ihr.

Sie nickte und sagte: „Einverstanden."

Dann machte sie sich fertig, um wohl zu ihm zurück zu kehren. Als Letztes zog sie ihre hochhackigen Schuhe an, ging los, drehte sich an der Zimmertür noch einmal um und murmelte: „Bis bald."

Ich warf ihr eine Kusshand zu und sie verschwand. Das Halsband schien übrigens überhaupt nichts gegen meine kleine Erpressung einzuwenden zu haben.

Ein paar Minuten später kamen meine beste Freundin, Mindy, Jasmina und ein paar der älteren Verbindungsleute zu mir ins Zimmer. Natürlich hatten sie Fragen. Ich berichtete ihnen was passiert war und einer meinte: „Das müssen wir den Lehrern und Professoren melden."

„Vergesst es. Die sind alle mehr oder weniger auf der Seite der Griffelleute. Wir müssen in Zukunft sehr stark auf uns selbst Acht geben. Darum werden wir die 'Schlangengarde' wieder vollständig ins Leben zurückrufen", beschloss ich.

„Aber der Führer ist doch schon lange tot", meinte einer.

„Na und? Wir gehen den Weg ohne ihn weiter, beschreiten dabei vielleicht sogar neue Pfade. Wege ohne Lügen und ohne Doppelmoral, wie wir sie von unseren Feinden und den meisten Herrschern beider Welten kennen", entschied ich.

„Aber brauchen wir für unsere Bewegung nicht einen Führer?", fragte Mindy.

„Oder eine Führerin", schlug Jasmina vor und zeigte dabei auf mich.

„Ja. Warum nicht? Eine starke Führerin, so wie Buffy. Ihr wisst schon, Buffy aus der Serie 'Buffy'", meinte Mindy daraufhin.

„Ach ja. Von der habe ich auch schon mal gehört. Die war doch auch lesbisch oder?", fragte einer der anwesenden Jungs.

„Wie? Nee. Buffy war doch nicht lesbisch. Ihre beste Freundin wurde es wohl, aber sie selbst war Hetero", erinnerte sich Mindy.

„Wirklich. Also ich habe mal eine Geschichte gelesen... ja, da hat sie es mit dieser anderen, etwas düsteren Jägerin ganz wild getrieben. Das stand im Internet", fiel dem Jungen dazu ein.

„Das war doch nur Fanfiction", winkte Mindy ab.

„Du musst es ja wissen. Ehrlich; mit Fanfiction kennst du dich echt gut aus", lobte Jasmina die gute Mindy.

„Klingt aber nach interessanter Fanfiction", meinte ich und grinste.

„Vielleicht bleiben wir ein wenig bei der Sache. Du willst also die Garde wieder so richtig ins Leben rufen?", brachte uns meine beste Freundin wieder auf den Boden der Tatsachen zurück.

„Ja", antwortete ich.

„Und was genau sollen die Ziele der 'Schlangengarde' sein? Was ihre Ideale?", fragte sie.

„Das Ziel ist in erster Linie, dass wir auf einander aufpassen. Das wir uns stärken, wachsam sind. Das wir nie alleine irgendwo hingehen. Wir müssen uns gegen unsere Feinde, die wir offenkundig immer noch haben, verteidigen können", fasste ich kurz zusammen.

„Und was noch?", fragte meine beste Freundin.

„Ich denke, wir müssen uns nicht lange mit Details aufhalten. Detailfragen sind erstmal nicht so wichtig. Die Hauptsache ist, dass wir nirgendwo außer Haus mehr alleine hingehen und einander beschützen. Der Rest wird sich schon irgendwie ergeben", meinte ich.

„Ja, vielleicht ist es sinnvoll, wenn wir es einfach halten", meldete sich plötzlich Blondie zu Wort.

Ihn hatte ich irgendwie zuerst völlig übersehen, aber ich freute mich natürlich, dass er mir recht gab. „Genau", sagte ich daraufhin nur forderte mit einer Handgeste die Anwesenden auf, doch ihre Meinung zu dem Thema zu sagen.

Meine beste Freundin stimmte mir zu, obwohl sie vor Blondies Zustimmung eigentlich noch mehr Einzelheiten hatte wissen wollen. Gut, also stimmte sie wohl eher ihrem festen Freund zu. Was soll's? Zustimmung ist Zustimmung. Die anderen Anwesenden waren ebenfalls damit einverstanden, alles erstmal ganz simpel zu halten.

„Dann ist unsere Garde also wieder richtig da", stellte ich zufrieden fest.

„Ich habe eher das Gefühl, sie war nie wirklich weg", meinte Jasmina.

„Nur was machen wir wegen der Tatsache, dass wir den anderen zahlenmäßig so weit unterlegen sind?", wandte Mindy besorgt ein.

„Guter Punkt Mindy", lobte ich.

Ja, das war tatsächlich ein Problem. „Wir haben zu wenig Leute", stellte ich fest.

„Und wie lösen wir dieses Problem?", fragte nun Jasmina.

„Hm. Ich denke, wichtig ist erstmal, dass wir heute den ersten Schritt getan haben. Wir können ja nicht rennen, bevor wir nicht laufen gelernt haben. Zunächst einmal festigen wir unseren Zusammenhalt und dann überlegen wir uns, wie und woher wir zusätzliche Leute bekommen. Ich werde dieses kleine aber feine Problem auf alle Fälle erstmal überschlafen", verkündete ich.

Damit war die Besprechung in meinem Zimmer beendet. Auch die älteren Semester nickten mir zu und schienen meine Autorität als Anführerin der Schlangengarde anzuerkennen. Mit diesem beruhigenden Gedanken schlief ich ein und konnte mich endlich ein wenig von den Strapazen der vergangenen Stunden erholen.

*

Am nächsten Tag ging es mir schon wieder etwas besser, aber ich entschied mich trotzdem den Uniunterricht zu schwänzen. Wenn man da mal ein paar Stunden versäumte, war es eigentlich nicht so schlimm. Trotzdem: Meine beste Freundin bot an, für mich meine Kurse zu besuchen und sich Notizen zu machen. Ich nahm ihr Angebot dankbar an.

Da wir ja von nun an nirgendwo alleine hingingen, beschloss Mindy sie zu begleiten. Ich entschied mich wie dieser Typ in dem Film mit Jennifer Grey, einfach mal so richtig schön blau zu machen. Wie der Typ in dem Film hieß, weiß ich leider nicht mehr. Ich hatte vor allem auf Jennifer geachtet, die seine Schwester spielte. Und auf seine Freundin, die einen ganz merkwürdigen Namen hatte. Hatte Jennifer nicht auch in „Die rote Flut" mitgespielt? Warum läuft das Ding nicht mehr im Fernsehen? Warum bringen sie, wenn überhaupt, die unrealistische Neuverfilmung, wo ernsthaft Nordkorea weite Teile der USA einnimmt? Viele Leute glauben nicht an Magie, aber sie halten diesen Schund für realistisch! Aber wie auch immer. Diesen Tag wollte ich in einer Stadt der Menschen verbringen und mich dort mal so richtig umschauen. Das hatte ich zwar schon ein paar Mal gemacht und ich sah mir auch Sendungen der Menschen im Netz an, aber nun war es irgendwie so richtig nötig, weil ich einfach mal ein wenig raus musste aus der Zauberwelt. Jasmina wurde für diesen Ausflug meine Begleitperson und so zogen wir mit unseren Zauberstäben in der Tasche früh am Morgen los.

In der Stadt der Menschen fiel uns als erstes der viele Müll auf, der überall auf dem Gehweg herumlag. Uns vielen die Leute auf, die in den wenigen vorhandenen Mülltonnen nach etwas zu suchen schienen. Wir ignorierten sie und gingen erstmal in ein Restaurant, um etwas Nettes zu futtern. Als wir am Tisch saßen, brachte uns eine hübsche Kellnerin die Speisekarten. „Ich habe aber gar kein Geld dabei", fiel Jasmina plötzlich ein, als die Kellnerin wieder weg war.

„Ich auch nicht, aber keine Sorge. Ich zaubere uns einfach etwas in meine Handtasche, wenn ich kurz auf dem Klo bin", meinte ich und stand mit meiner Tasche auf, um das Bad aufzusuchen.

„Aber ist das nicht verboten?", fragte Jasmina.

„Mal sehen was das Halsband dazu sagt", antwortete ich und begab mich zum Örtchen.

Dort ging ich in eine Kabine und überlegte, ob ich nicht gleich noch mehr Geld zaubern und den armen Leuten draußen später etwas geben sollte? Ich entschied mich dafür und zauberte mir erstmal 500 Euro herbei. Das Halsband hatte nichts dagegen. „Dann wird es wohl in Ordnung sein", murmelte ich und ging wieder zu unserem Tisch zurück.

„Hat es geklappt?", fragte meine Kameradin, während ich mich wieder hinsetzte.

„Ja."

„Also fand das Halsband es nicht böse?"

„Nein."

„Aber ist das nicht trotzdem irgendwie falsch?"

„Wieso?", fragte ich.

„Na weil doch die Wirtschaft der Eurozone zerstört wird, wenn zu viel Geld im Umlauf ist", gab Jasmina zu bedenken.

Offenbar kannte sie sich sehr gut mit der Menschenwelt aus, aber das ging mir ähnlich. Also entgegnete ich: „Liebe Jasmina, der Euro und die Wirtschaften der Europäer werden durch die EZB wesentlich mehr zerstört, als durch die paar Kröten in meiner Tasche. Die Zentralbank druckt selbst immer mehr Geld, sodass dieses immer weniger wert wird. Warum sollten wir das nicht auch machen, wo wir es doch können? Im Übrigen wird die Wirtschaft auch dadurch vernichtet, dass gewisse Leute hier im einstmals schönen Deutschland durch ihre sogenannte 'Energiewende' die Strompreise immer mehr steigen lassen. Leute, die meinen Unternehmen würden ja nicht pleite gehen, nur weil sie aufhören zu produzieren. Leute, die glauben Elektroautos würden mit 'Kobolden' angetrieben. Leute, die jedem der eine kritische Meinung über sie äußert, gleich einen Prozess anhängen und so versuchen denen das Leben zu zerstören. Diese Leute..."
„Schon gut", unterbrach mich Jasmina, die entweder verstanden hatte was ich meinte oder einfach keine Lust hatte, dass ich jetzt ewig lange auflistete, was wegen dieser Personen in der Menschenwelt so alles schiefging. „Hast du denn schon was zu essen ausgesucht?", fragte ich.
„Habe auf dich gewartet."
Also schlugen wir die Speisekarten auf und suchten uns ein leckeres italienisches Gericht aus. Kurz darauf bestellten wir, futterten, bezahlten mit einem angemessenen Trinkgeld und gingen wieder nach draußen. Es war draußen plötzlich sehr kalt geworden. Wir spazierten trotzdem los, um uns in einer gigantischen, hauptsächlich unterirdischen Einkaufsmeile umzuschauen. „Dekadenter Mist", murmelte ich, als ich mit Jasmina

diesen übertrieben gigantischen Konsumtempel betrat.
„Warum wollen wir es uns dann anschauen? Du hast mich
doch hier hineingeführt", gab Jasmina zu bedenken.
„Man kann nur richtig hassen und verachten, was man sich
zuvor auch genau angesehen hat. Außerdem möchte ich
wissen, wie viele von den Menschen sich diesen Dreck
wirklich antun. Schau es dir an: Überteuerte Geschäfte
und das eines neben dem anderen. Und dann diese
unterirdische ... man könnte schon fast sagen 'Prachtstraße'
zwischen den Läden. Was hier an wertvollem Baugrund
verloren ist; man hätte hier hunderte, ach was sage ich
tausende Wohnungen unterirdisch hinbauen können. In
einem Land das seit Jahren Wohnungsnot in den Städten
hat wäre das dringend notwendig gewesen. Aber nein, es
muss so ein Protzbau sein", meckerte ich.
„Wohnungen unter der Erde? Ich weiß ja nicht. Ist für
viele Leute vielleicht nicht so das Wahre."
„Gut, bei Wohnungen über der Erde kann man aus dem
Fenster schauen. Das mag schön sein, wenn man einen
netten, sauberen Hinterhof hat; aber du hast die Straßen
hier doch gesehen. Ekelhaft. Den Anblick könnte man sich
unter der Erde ersparen. Ja und diese Prachtstraße
zwischen den Läden. Sowas hätte unser Führer bestenfalls
oberirdisch bauen lassen, um für seine Truppen Paraden
abzuhalten. Aber oben wären sie wenigstens gut für den
Autoverkehr gewesen. Aber wozu sind sie hier unten
gut?", fragte ich.
„Vielleicht damit die Menschenmassen viel Platz haben",
mutmaßte Jasmina.
„Welche Menschenmassen?", fragte ich.
Wir sahen uns um und tatsächlich waren kaum Leute in
diesem gigantischen Bauwerk. „Immerhin ist es wenig

besucht. Viele Leute scheinen zumindest noch so viel gesunden Verstand zu besitzen, um hier keinen Fuß hinein zu setzen", meinte ich.

„Da hast du wohl recht. Und der Typ da drüben ist offenbar auch nicht wirklich zum Einkaufen hier", bemerkte Jasmina und zeigte auf einen jüngeren Mann, der Pfandflaschen aus einer Mülltonne holte.

Da kamen plötzlich zwei Leute vom Sicherheitsdienst und nahmen sich den Mann zur Brust. „Sie dürfen hier nicht einfach Sachen aus dem Müll holen!", meinte einer.

„Wieso nicht? Die brauchen die Leute doch nicht mehr", antwortete der junge, etwas ärmlich gekleidete Mann.

„Das ist trotzdem verboten. Sie kommen jetzt mit uns."

„Moment mal!", hörte ich mich selbst plötzlich laut sagen. Die Sicherheitstypen drehten sich zu mir um. Ich sprach einfach weiter: „Was fällt Ihnen eigentlich ein! Die Leute in dieser Gegend, ja in diesem ganzen Staat haben es sowieso schwer genug! Lassen Sie den Kerl gefälligst in Ruhe! Warum machen Sie sich nicht mal nützlich und jagen ein paar Drogendealer in den Parks oder so?!"

„Hören Sie! Wir sind für die Sicherheit dieses Kaufhauses zuständig und nicht für die in irgendwelchen Parks!", antwortete einer der Uniformierten.

„Und inwiefern schadet es der Sicherheit Ihres Ladens, wenn er da was aus der Mülltonne nimmt? Das Zeug wird doch sowieso weggeworfen, also wen interessierts?", fragte ich.

„Uns interessierts. Der Müll ist Eigentum unserer Mall."

„Mall? Was soll das? Sind wir hier in den USA oder in Deutschland. Ich stamme aus Großbritannien und ich komme bestimmt nicht in ein fremdes Land, um dann irgendwelche Kopien oder Nachmachereien vorzufinden.

Das hier ist also keine 'Mall', sondern eine 'Einkaufsmeile'. Und obendrein eine sehr überteuerte und überflüssige Einkaufsmeile. Wir sind hier nicht im angelsächsischen Raum, also reden Sie gefälligst ordentliches Deutsch. Ich habe mir schließlich auch die Mühe gemacht, die Sprache dieses Landes zu lernen!", rief ich aus.

Das hatte dank eines Sprachzaubers zwar nur zwei Minuten gedauert, aber das musste er ja nicht wissen. Auch ließ ich lieber unerwähnt, dass es solche überflüssigen Konsumtempel auch bei uns in England gibt und das ich streng genommen nicht in Deutschland sondern eher in einer Art Nebendimension neben Deutschland lebte. Aber meine bisherigen Worte reichten aus, um ihn und seinen Kollegen zur Weißglut zu bringen. „Das reicht! Sie alle drei kommen jetzt mit und dann rufen wir die Polizei!", befahl er.

Jasmina wollte irgendwas sagen oder tun, aber ich sagte nur „In Ordnung."

Die Uniformierten führten uns drei in einen Raum außerhalb der offiziellen „Mall". Dort holte ich meinen Zauberstab hervor und schickte sie damit schlafen. Anschließend zauberte ich einen Stromausfall in der ganzen Einkaufsmeile herbei und begab mich mit Jasmina und dem völlig entgeisterten Typen in Richtung eines Notausganges. Dieser war jedoch absurderweise abgeschlossen, also musste ich ihn aufzaubern. Wir gingen nach draußen. Dort brachten wir erstmal so viel Abstand zwischen uns und diesen Saftladen wie möglich. In einem etwas entfernt liegenden Park kamen wir zur Ruhe und setzten uns zu dritt auf eine Parkbank. „Wow. Das war Magie oder?", fragte der Typ.

„Ja, aber behalt das bloß für dich", wies ich ihn an.

„Selbstverständlich. Ihr habt mich gerettet. Zwar ist es kein schweres Vergehen was die mir da anhängen wollten, aber trotzdem kann man, wenn so ein Sicherheitsdienst es darauf anlegt, jahrelange Rechtsstreitigkeiten am Hals haben und die können einen psychisch fertig machen", meinte der junge Mann.

„Brauchst du ein bisschen Geld?", fragte ich ihn.

„Klar. Immer."

Ich gab ihm ein paar Scheine. „Danke. Kann ich auch irgendwas für euch tun?", fragte er.

„Im Moment nicht. Aber im Grunde sind wir derzeit tatsächlich ein wenig auf der Suche nach neuen Verbündeten, die uns im Fall der Fälle helfen können. Wärst du dazu bereit?"

„Auf jeden Fall", lautete seine Antwort.

Ich sah ihn mir zur Sicherheit noch einmal genau an. Weder wirkte er wie jemand der Drogen nahm, noch wie jemand der dem Alkohol besonders zugeneigt war. Er war einfach nur nicht besonders wohlhabend und das in einem System, in dem alles immer teurer wurde. So wie ihm dürfte es vielen Leuten gehen. Den Politikern natürlich nicht; die konnten sich ihre Gehälter ja jederzeit selbst erhöhen, was sie auch fleißig taten. Ich beschloss ihm Jasminas Telefonnummer zu geben und er gab uns die Seine. „Wir bleiben in Kontakt und kommen auf dich zurück, wenn wir mal Hilfe benötigen. Sag, hast du Kumpels, die ebenfalls ab und an etwas Kohle benötigen?", fragte ich.

„Habe ich."

„Wenn es sein muss, werden wir uns über dich auch an ein paar von denen wenden", beschloss ich.

Er bedankte sich, wir verabschiedeten uns von einander

und gingen alle unserer Wege. Als er außer Sichtweite war, meinte Jasmina: „Damit hat sich unser Ausflug in die Menschenwelt für dich schon gelohnt, nicht wahr?"

„Aber ja. Wir haben einen Kontakt geknüpft und das war wohl wesentlich sinnvoller als ein Schlendern durch diesen nervigen Ort. Wir könnten in dieser gebeutelten Stadt durchaus noch weiter Ausschau nach potentiellen Verbündeten halten", überlegte ich.

„Wenn du meinst..."

„Was ist denn?", fragte ich, da ich merkte, dass Jasmina ein wenig verstimmt war.

„Na ja, ich hatte eigentlich gedacht, dieser Tag dient vor allem der Erholung. Deiner Erholung", entgegnete sie.

„Tut er doch auch. Ich verbringe Zeit mit einer guten Freundin, finde Dinge an denen ich herumnörgeln kann, gewinne neue Verbündete, habe nett gegessen und verbinde das Angenehme mit dem Nützlichen. Auf diese Weise erhole ich mich ganz wunderbar", bemerkte ich.

„Oh. Na dann ist's ja gut. Ich möchte nur nicht, dass du dich nach all dem Erlebten zu sehr übernimmst."

„Ich übernehme mich schon nicht."

„Aber du wurdest erst vor Kurzem gefoltert und vergewaltigt", wandte Jasmina ein.

„Ja, das ist übel, aber wir alle wurden doch schon mal vergewaltigt."

„Ich weiß", sagte Jasmina und beim Gedanken daran verzog sich ihr Gesicht.

Verständlicherweise wurde ihr etwas schlecht deswegen.

„Hör zu. Das ist hart, aber so ist die Zauberwelt offenbar. Und die Menschenwelt ist da sogar noch schlimmer. In Staaten wie der Bundesrepublik oder Schweden ist die Anzahl an Vergewaltigungen massiv gestiegen. Tja, woran mag das nur liegen? Was hat sich in den letzten paar Jahren wohl geändert, dass es zu diesem rasanten Anstieg gekommen ist? Ich denke wir beide kennen die Antwort und selbst Magier die sich kaum mit der Menschenwelt befassen dürfte klar sein, was der Grund ist. Nur warum ist es auch in unserer Welt angestiegen? Vielleicht weil beide Welten mit einander verbunden sind? Vielleicht, weil unsere Welt fast schon ein Spiegel von deren Welt ist? Obwohl... 'Spiegel' ist wohl das falsche Wort; dann würde bei uns die Verbrechensrate ja sinken, wenn sie bei denen steigt... Nun, auf alle Fälle sind wir und die mit einander verbunden und vielleicht ist diese Verbindung nicht allzu gut. Eventuell sind aber auch die Motive der Täter dieselben; sie halten ihre Opfer für minderwertig und denken sich aus ideologischen oder kulturellen Gründen, mit denen können sie es ja machen. Fakt ist auf jeden Fall, dass es diesen massiven Anstieg gibt. Die Frage ist, was man dagegen tun kann? Man muss wehrhaft und stark sein und so hart das klingt; man muss es ertragen können und trotzdem weiterleben. Lässt man sich jahrelang von etwas Abscheulichem fertig machen was manchmal nur wenige Minuten gedauert hat, hat diese Abartigkeit über die eben genannten Jahre auch weiterhin Macht über einen und das bedeutet, dass der oder die Täter dann ebenfalls über diesen Zeitraum Macht über einen haben. Das heißt nicht, dass man übertrieben fröhlich oder gar leichtsinnig sein soll. Man muss nur stark sein, ohne dabei die eigene Kraft zu überschätzen. Man muss mit dem was geschehen ist leben und vor allem muss man weiterleben. Man muss aufstehen und sich Tag für Tag durchschlagen; die schönen Momente des Lebens genießen, aber auch seinem gerechten Zorn freien Lauf lassen. Ja, der Hass, den uns gewisse Übergutmenschen auszureden versuchen, ist in Wahrheit überlebenswichtig. Gewiss, liebe deinen Nächsten wie dich selbst. Jedoch sind deine Nächsten nicht deine Feinde, sondern deine Familie, deine Freunde, dein Volk und deine Heimat. Liebe ist, sofern man sie für andere empfinden kann, schon in Ordnung. Aber warum sollte man nicht diejenigen hassen, die einem so etwas antun? Sie zu hassen und zu verachten, ja vielleicht bei Gelegenheit sogar auf Rache zu sinnen, kann sehr motivierend und Kraft spendend sein."

„Aber verschwindet diese Kraft nicht, wenn man den Durst nach Rache gestillt hat?"

„Dann muss man sich eben eine neue Motivation suchen um morgens das Bett zu verlassen. 'Wer suchet, der findet'", zitierte ich.

Ja, Sie merken schon; ich war und bin noch immer sehr belesen. „Heißt es nicht 'Suchet, so werdet Ihr finden'?", fragte Jasmina.

„Mag sein. Aber du verstehst was ich meine. Wir müssen weiter machen. Weiter leben, weiter kämpfen. Leben bedeutet Kampf und Schmerz. Also braucht man ein 'Wieso' im Leben. Eine Macht, die einem hilft, Leid und Demütigungen und Ungerechtigkeiten wegzustecken und sich bei Gelegenheit furchtbar zu rächen."

„Und was ist dein 'Wieso'?", fragte Jasmina.

„Also Mädchen", begann ich und stemmte die Fäuste in die Seiten knapp über dem Becken.

„Es sollte doch wohl klar sein, was mein 'Wieso' ist, oder?", fragte ich.

„Natürlich! Die Schlangengarde!", rief Jasmina aus.

Ich nickte. „Das und meine Freundschaft mit euch", fügte ich noch hinzu.

„Danke. Wie lieb", sagte Jasmina und umarmte mich kurz. Nach diesem doch ein wenig emotionalen Moment spazierten wir weiter durch den Park. Wir genossen die schönen Bäume und Büsche und versuchten den Müll und besonders die benutzten Spritzen zu ignorieren.

Gleichzeitig hielten wir weiter Ausschau nach Leuten, die für uns als potentielle Verbündete infrage kamen. Später gingen wir über eine Brücke und schauten von dort auf einen Kanal hinab. Am Rande des Kanals standen ein paar Zelte und Leute lungerten dort herum. „Was meinst du? Kommen die infrage?", fragte Jasmina.

Ich warf einen Blick auf die Truppe. „Nein. Die sehen alle eindeutig nach Drogen aus. Das sie obdachlos sind ist eine Sache; kann jedem passieren. Aber warum müssen die ihre Lage noch verschlimmern, indem sie solche Stoffe zu sich nehmen?", fragte ich.

„Vielleicht sind sie obdachlos geworden, weil sie vorher abhängig wurden. Dann haben sie all ihr Geld für Drogen ausgegeben und jetzt sitzen sie in der Scheiße", mutmaßte Jasmina.

„Könnte sein. Aber die bekommen keine Kohle von mir; sie würden es sowieso nur ausgeben, um sich zuzuballern", entschied ich.

„Tja", sagte Jasmina dazu nur.

„Als Helfer kommen die für uns nicht infrage", schloss ich das Thema ab, während wir die andere Seite der Brücke erreichten.

„Schau mal. Da ist ein Hinweisschild für ein Museum", fiel Jasmina auf und sie zeigte mit dem Finger in Richtung Schild.

„Hm. Klingt nach moderner Kunst, aber gut. Schauen wir uns das Museum einfach mal an. Man kann ja schon im

Eingangsbereich einen gewissen Eindruck gewinnen und merken ob es etwas für einen ist und sich die Investition des Eintrittsgeldes lohnt."

„Ja, schauen wir mal", stimmte Jasmina zu.

Also spazierten wir ungefähr drei Kilometer in Richtung des Museums, obwohl auf dem Schild ganz sicher von einem Kilometer die Rede gewesen war. Ich habe vielleicht nicht das beste Gedächtnis aller Zeiten, aber bei der Sache mit den Kilometern bin ich mir ganz sicher. Das Schild war total falsch, weswegen ich und sogar Jasmina deswegen ziemlich verärgert waren, als wir dann endlich das Museum erreichten. Aber wir hatten Glück, denn kurz bevor wir den Eingangsbereich erreichten, kamen aus dem inzwischen bewölkten Himmel die ersten Regentropfen. Raschen Schrittes betraten wir das Gebäude, dass mich in seiner schönen altertümlichen Bauweise ein wenig an unsere frühere Zauberschule erinnerte.

Drinnen angekommen sahen wir uns erstmal die Eintrittspreise an. Nicht das Geld ein Problem war, aber man sollte es trotzdem nicht für unnötigen Mist ausgeben. Nach unnötigem Mist sah zumindest die Eingangshalle jedoch nicht aus. Alles in allem machte der Laden einen sehr manierlichen Eindruck und so kauften wir uns zwei Karten, packten unsere Sachen in ein gemeinsames Schließfach und sahen uns um. Unsere Zauberstäbe hatten wir uns vorsichtshalber in die Rocktaschen gesteckt. Die Dinger mussten immer griffbereit sein. Wir bewunderten ein paar schöne Bilder eines Künstlers namens Adolph von Menzel. Das Museum klang also nach moderner Kunst, aber da hatte ich den Klang wohl missverstanden. Der gute Von Menzel stellte sich nämlich als Künstler aus der deutschen Kaiserzeit heraus, was mich sehr freute.

Jasmina und ich schauten uns die wundervollen Werke des Meisters an und sahen uns später im Museumsladen noch ein paar Andenken an. Im Bücherregel fiel mir sofort ein gebundenes Buch ins Auge. Ich nahm es aus dem Regal und las den Titel: „Geschichte Friedrichs des Großen. Von Franz Kugler und Adolph von Menzel".

Das Werk wurde von mir natürlich sofort gekauft und landete bei den Schließfächern gut verpackt in meiner Handtasche. Wir waren zwar mit dem Museum fertig, aber der Regen draußen hatte seine Pflicht gegenüber den Pflanzen anscheinend noch nicht vollbracht. Also setzten wir uns ins Museumscafe und tranken etwas heiße Schokolade. „Das war schön, oder?", fragte Jasmina, obwohl sie die Antwort ganz sicher schon kannte.

Ich nickte. „Was wollen wir machen, wenn der Regen vorbei ist?", lautete ihre nächste Frage.

„Weiß nicht. Ich glaube aber nicht, dass es Sinn macht im Dunkeln noch groß nach neuen potentiellen Verbündeten zu suchen. Also sollten wir langsam aber sicher nach Hause gehen", meinte ich.

„Im Prinzip könnten wir uns, wenn wir die Schokolade fertig und bezahlt haben, auch vom Museumsklo aus nach Hause zaubern", schlug Jasmina vor.

„Da hast du wohl recht. Aber halt; würden uns nicht die Überwachungskameras dabei filmen, wenn wir das Klo betreten aber nicht wieder verlassen?", gab ich zu bedenken.

„Ach was. Die Klos sind doch nicht so wichtig. Wenn dort nicht irgendwas Krasses passiert, schaut sich niemand die Videos an", winkte Jasmina ab.

„Sowas Krasses wie dass zwei Sicherheitsleute bewusstlos werden und die drei von ihnen Festgesetzten infolgedessen verschwinden", fiel mir ein.

„Oh. Scheiße", entgegnete Jasmina.

„Meinst du, das hat Folgen?", fragte ich besorgt.

„Na ja, kommt drauf an, ob in den Eingeweiden des Mall-Gebäudes auch Kameras sind. Und wenn ja und sie sind an der Stelle wo wir gezaubert haben, könnten die Kameras etwas aufgezeichnet haben. Die Frage ist halt, wo sind diese Aufzeichnungen? Kann ja gut sein, dass die Aufnahmen irgendwo anders hingesendet und abgespeichert werden. Wir wissen es halt nicht."

„Mist", sagte ich dazu nur.

„Also, liebe Schlangengartenführerin; was machen wir jetzt?", fragte Jasmin.

„Gute Frage. Wir wissen auch nicht, was die wissen. Vielleicht halten die zwei Wachmänner den Vorfall auf Grund der Peinlichkeit für sie unter der Decke. Aus ihrer Sicht gesehen sind sie beide eingepennt oder ohnmächtig geworden und dann sind ihnen drei Leute entkommen. Wenn das nun nicht zufällig ein dritter Wachposten live mit angesehen hat, könnten sie darüber schweigen, da sonst jede Menge Papierkram und eine Menge nervige Fragen auf sie zukommen, für die sie alle eher Ärger als zusätzlichen Lohn bekommen dürften. Erwischen die jemanden, gibt es bestimmt einen Bonus oder so. Entkommen ihnen aber Leute, so dürften sie deswegen wohl eher Ärger kriegen. Es müsste also in ihrem Sinne sein, das ganze Theater, für das sie keine plausiblen Erklärungen haben, für sich zu behalten. Wenn wir jetzt eingreifen, machen wir alles vielleicht nur noch schlimmer", überlegte ich.

Jasmina hatte mir ganz genau zugehört. „Und wie siehst du das?", fragte ich sie nach einer kurzen Kunstpause.

„Ich sehe das ganz genauso wie du. Besser wir gehen nach Hause, ohne nochmal nach diesem Saftladen zu sehen. Aber dafür sollten wir kein weiteres unnötiges Risiko eingehen und uns lieber nicht aus einem kameraüberwachten Museum teleportieren, sondern vielleicht von irgendwo im Park aus."

„Gut. Dann sind wir uns einig. Warten wir noch bis der Regen aufgehört hat."

*

Etwa eine halbe Stunde später war es dann soweit und der Regen hatte sein wertvolles Werk vollbracht. Wir verließen das Museum, überprüften noch einmal kurz ob wir etwas vergessen hatten und suchten dann den nächsten Park auf, um uns von einem unbeobachteten Winkel aus zurück auf's Universitätsgelände zu zaubern und dort in unsere geliebte Unterkunft zu gehen. Ich wollte gerade den Zauber sprechen, als ein paar schmierige aber trotzdem teuer gekleidete Typen auf uns zu kamen. „Hey, habt Ihr Lust auf ein bisschen Spaß?", fragte einer von denen.

„Den hatten wir gerade und jetzt sind wir auf dem Heimweg", antwortete ich.

„Bevor Ihr nach Hause dürft, müsst Ihr Schlampen aber Wegzoll bezahlen", meinte der Typ, der offenbar der Anführer dieser Bande aus sechs Kerlen war.

Während er das sagte griff er sich in den Schritt und grinste dümmlich. Seine Genossen kicherten. „Wir hatten schon seit Tagen keine Weißbrotfotzen mehr", meinte einer.

„Das ändert sich wohl jetzt", sagte ein anderer.

„Okay, okay. Ich bezahle euren Wegzoll", sagte ich und holte meinen Zauberstab hervor.

Schnell nach einander zauberte ich sechsmal den Blitzzauber und röstete die Kerle auf diese Weise. Da es schnell gehen musste, war es mit der Treffsicherheit nicht so gut. Dem Anführer grillte ich erstmal lediglich den Arm weg, sodass er brüllend vor Schmerzen zu Boden ging. Vier seiner fünf Handlanger erwischte ich hingegen richtig. Nur der Fünfte kam überhaupt noch dazu einen panischen Schrei auszustoßen, bevor auch er ein Häufchen Asche wurde. Schreiend lag der Boss dieser Vergewaltigerbande am Boden. „Du scheiß deutsche Schlampe! Was hast du meinen Männern angetan?!"

„Ich bin keine Deutsche, ich stamme aus Großbritannien. Na ja, genau genommen gehöre ich sogar eigentlich in eine Art andere Welt... aber wozu soll ich dir das erzählen. Du wirst gleich auch in einer anderen Welt landen; aber hey, dort siehst du deine dreckigen Hurensohnfreunde wieder und dort riecht es ebenso nach Asche wie hier im Park", erklärte ich ihm.

„Du darfst mich nicht töten! Ich bin eine Art Gott in dieser Welt! Die Politiker verehren Leute wie mich als ihre neuen Götter! Wenn du mich tötest, werden sie mich rächen!", schrie er.

„Die erfahren das gar nicht. Von dir bleibt nur ein bisschen Asche. Schau mal, deine Freunde sind schon fast vollständig weggeweht", sagte ich.

Jasmina stand schweigend daneben und beobachtete, wie der Wind die Asche der Toten verwehte. Dann murmelte sie plötzliche: „Vom Winde verweht."

„Ja, bestimmt ein sehr guter Film; er steht auf jeden Fall auf meiner Liste mit Filmen, die ich mir mal anschauen möchte", entgegnete ich daraufhin.

„Wäre super, wenn wir vier Mädels ihn uns alle zusammen anschauen könnten. Ich kenne ihn zwar schon, aber glaub mir; er ist wirklich gut", fand Jasmina.

„Wir schauen ihn. Versprochen. Aber zuerst haben wir hier noch etwas zu erledigen", meinte ich und schaute wieder auf den am Boden sich windenden Anführer der Drecksäcke herab.

„Warte! Ich kann dir Geld geben! Viel Geld!", schrie er.

„Ich brauche dein Geld nicht. Im Gegenteil. Ich gebe dir sogar etwas Geld mit. Vielleicht kannst du davon den Teufel in der Hölle kaufen", sagte ich und warf ihm ein paar Scheine auf den Oberkörper.

„Hilfe! Polizei! Rettet mich! Ich will einen fairen Prozess!", schrie er.

„Oh. Jetzt machst du mich neugierig. Wie sieht denn ein fairer Prozess in dieser Welt aus?", fragte ich ihn.

„Na ja, Gruppenvergewaltiger kriegen Bewährung, aber wenn jemand die Regierung kritisiert, bekommt er vor Gericht mächtig Ärger", antwortete er ehrlich.

Dann fiel ihm auf: „Mist. Das hätte ich jetzt besser nicht gesagt, oder?"

„Ja, das ist jetzt so eine dieser Sachen, die du den Rest deines Lebens bereuen wirst", meinte ich und schoss einen Blitz auf ihn ab.

Ich musste wohl im Museumscafe statt Schokolade eine Art Antizielwasser getrunken haben, denn statt ihn zu töten, röstete ich ihm mit meinem Blitz lediglich einen Fuß ab. Er brüllte nun noch mehr und ich schoss erneut. Wieder erwischte ich nur einen Fuß. „Och, jetzt hat der

Vergewaltiger keine Füße mehr! Na so ein Pech aber auch. Keine Sorge, der nächste Schuss sitzt besser", versprach ich und grillte ihm die Eier und die Wurst weg.

„Du Monster! Meine Familie wird mich rächen!", schrie er.

„Ach echt?", fragte ich und röstete ihm auch noch den anderen Arm ab.

Überraschenderweise lebte er danach immer noch. „Ja! Ich habe zehn Brüder, die töten dich!", schrie er.

Daraufhin begann ich das zu durchsuchen was von seiner Kleidung noch übrig war. Füße und Geschlechtsteile hatte er ja nicht mehr, aber Beine und Hosentaschen waren noch dran. In der Tasche fand ich seinen Ausweis. „Interessant. Da wohnst du also. Tja, dann werde ich deine Brüder wohl mal kurz besuchen müssen", meinte ich.

„Was?! Nein! Warte! Du kannst doch nicht meine Familie killen!", schrie er.

„Wieso nicht? Die würden dich doch rächen, hast du gesagt."

„Aber ich..."

Weiter kam er nicht, denn nun gab ich ihm den Rest und übrig blieb nur noch Asche. „Willst du jetzt wirklich losziehen und seine Brüder töten?", fragte Jasmina.

„Aber klar. Die wohnen gleich um die Ecke und ich will nicht deren Rache fürchten", antwortete ich.

„Aber die werden im Leben nicht herausfinden, was aus ihrem Bruder geworden ist", gab Jasmina zu bedenken.

„Mir egal. Wenn er der Meinung war, dass die ihn, einen Vergewaltiger, rächen würden, sind das genau solche Scheißkerle wie er. Sie verdienen also ebenso den Tod."

„Bist du sicher, dass du das jetzt nicht nur durchziehen willst, weil du so eine Art Ersatzhandlung begehen willst,

da du an dem Freund deiner kleinen Französin keine
mörderische Rache nehmen darfst?"

„Nein. Ich denke, es steht 50:50. Zum einen will ich diese
Bande ausräuchern und zum anderen will ich meine
Ersatzrache", lautete meine ehrliche Antwort.

„Na gut. Aber die sind laut dem Häufchen Asche da
drüben zu zehnt. Mindestens. Vielleicht hängen noch
andere bei ihnen ab. Also komme ich mit und gebe dir
Deckung", sagte Jasmina solidarisch.

Damit war die Sache klar und wir zogen wieder aus dem
Park ab. Nur wenige hundert Meter entfernt befand sich
die Wohnung der Typen. Ich hielt mich nicht lange auf;
zauberte die Tür auf, trat ein und grillte alles und jeden,
der sich uns in den Weg stellte. Jasmina feuerte auch drei
oder vier Mal, um mir Deckung zu geben, denn tatsächlich
waren ein paar der Typen bewaffnet und hätten es wohl
geschafft zu schießen, wenn meine Kameradin nicht dabei
gewesen wäre. Als wir fertig waren, öffneten wir alle
Fenster in der Wohnung, sodass die Asche nach und nach
wegwehen konnte. Dann verzogen wir uns wieder in
Richtung Park.

Im Park angekommen, führte ich endlich meinen Zauber
für die Heimreise aus und wir verließen die Menschenwelt
wieder.

*

Wieder daheim im Schlangenhaus ruhten wir uns erstmal
ein bisschen im Erdgeschoss aus. Allerdings erst nachdem
wir uns vor der Tür eine ganze Menge Asche abgeklopft

hatten. „Die Klamotten müssen trotzdem bald in die Wäsche", bemerkte Jasmina, während wir gemütlich herumlungerten.

„Habe ich auch bemerkt. Aber nicht mehr heute. Ich bin doch etwas erschöpft; es war ein langer Tag."

Da kamen Mindy und meine beste Freundin die Treppe herunter und begrüßten und freundlich. Sie berichteten uns davon, wie ihr Tag gewesen und was sie im Unterricht gelernt hatten. Zwischendurch lief Blondie mal kurz durch den Raum. Er und sie warfen sich sehr eindeutige Blicke zu. Meine beste Freundin erklärte, dass sie ihre Aufzeichnungen auf mein Bett gelegt hatte und ich bedankte mich höflich dafür. Was sie womöglich mit Blondie in ihrem Bett getrieben hatte, fragte ich besser nicht. Ich mochte den Kerl nach wie vor nicht, war aber bereit mit ihm zu leben und zu arbeiten. „Und was habt Ihr so alles erlebt?", fragte sie neugierig, nachdem sie damit fertig war mir alles zu erzählen, was sie mir erzählen wollte.

Wir berichteten es ihr und Sie hätten mal die überraschten Gesichtsausdrücke der beiden Mädels sehen sollen! „Gott sei Dank habt Ihr das alles gut überstanden", freute sich meine Freundin und die gute Mindy lachte und sagte: „Denen habt Ihr es so richtig gegeben. Gut gemacht."

„Danke", entgegnete ich daraufhin nur kurz, denn ich war doch recht müde.

„Ich hoffe nur, euch hat niemand dabei gesehen", gab meine beste Freundin zu bedenken.

„Keine Sorge. Uns hat keiner gesehen. Nur die Toten und Aschehaufen reden nicht."

„Also da gab es mal so eine Zeichentrickserie aus der Menschenwelt. Hab leider den Namen vergessen, aber da ging es so um Vampire und ein sprechender Aschehaufen war auch irgendwie mit dabei", fiel Jasmina ein.

„Kann sein. Aber das hier ist kein Zeichentrick. Zumal ein Zeichner Geld und Mitspracherecht an unserer Geschichte verlangen würde", scherzte ich.

„Mach dir mal keine Sorgen. Selbst in unserer Welt habe ich noch nie Asche reden gehört. Oder davon gehört, dass jemand Asche zum reden bringen kann. Ich denke, Ihr zwei seid sicher. Außerdem wird euer Handeln wohl in Ordnung gewesen sein; schließlich tragt Ihr ja immer noch die Halsbänder, die euch von bösen Taten abhalten", bemerkte Mindy.

„Jep. So wie wir alle", bestätigte ich und fasste mir an das Halsband.

„Dann wird es wohl kaum böse gewesen sein, so ein paar Gewaltverbrecher zu killen. Mit der Moral der Menschenwelt mag es vielleicht hier und da nicht übereinstimmen, aber für unsere Zauberwelt scheint es kein Problem zu sein", überlegte Mindy.

„Das wirft die Frage auf, wieso wir mit unseren magischen Kräften nicht einfach in die Menschenwelt gehen und dort mal gründlich aufräumen?", fragte meine beste Freundin.

„Wahrscheinlich weil das die Leute vom Ministerium nicht zulassen würden. Denn sobald die Zauberer fertig mit allen Dreckssäcken in der Menschenwelt wären, würden sie sich fragen: 'Hey. Moment mal. Was ist mit den Verbrechern bei uns?' Und dann würde ihnen einfallen, wo die allergrößten Verbrecher eigentlich sitzen", schätzte ich. Alle Anwesenden nickten zustimmend. „Aber wie auch immer. Ich für meinen Teil bin sehr müde. Es war mal wieder ein langer Tag und jetzt will ich mich nur noch ausruhen und schlafen gehen", verkündete ich.

„Gleich. Eine Sache wollten wir dir noch mitteilen", hielt mich meine beste Freundin auf.

„Etwas Wichtiges?", fragte ich.

„Ein bisschen vielleicht. Die Führung der Universität hat beschlossen, dass wir am 08. März frei haben. Da ist nämlich der sogenannte 'Weltfrauentag'. Sie meinen, weil das ihrer Meinung nach ein wichtiger Feiertag in der nahegelegenen Menschengroßstadt ist, sollten wir das auch feiern und uns vielleicht auch ein wenig unter die Menschen mischen", erklärte sie mir.

„Das die wollen, das wir uns unter die Menschen mischen, ist mir schon klar", bemerkte ich.

Dann ging ich nach oben und die ebenfalls sehr müde Jasmina folgte mir die Treppe hinaus. „Sag mal, wenn du eher gegen eine Vermischung mit den Menschen bist, wieso willst du dann Menschen haben, die uns im Notfall unterstützen?"

„Weil ein Mensch der uns hilft besser ist als keiner der uns hilft. Im Übrigen ist es nicht so, dass ich die Menschen nicht mag; sonst wäre ich nicht mit dir in einem Menschenmuseum gewesen und würde wohl kaum menschliche Literatur lesen. Aber nur weil einige Schnapsnasen auf die Idee kommen, Vermischung aller Rassen egal wie viele Opfer es kostet zu spielen, heißt das nicht, dass ich das gut finden will. Wenn man etwas Salz in eine Suppe streut, kann das sehr gut und würzig für die Suppe sein. Schüttet man einen ganzen Sack Salz in die Suppe, ist die Suppe im Arsch und ein Teil des Salzes geht mit drauf. Im Übrigen ist die Emma ja wohl auch die Tochter von zwei Menschen", bemerkte ich.

„Und trotzdem hast du mit ihr geschlafen", stellte Jasmina fest.

„Eben. Mit einer Emma kann man ja auch leben. Aber stell dir mal vor, wir wären von 10.000 Emmas umgeben. 10.000 Emmas, die meinen alles besser zu wissen und richtig streberhaft sind. 10.000 Emmas, die sich absichtlich viel Mühe geben, weil sie wissen das sie die Kinder von Menschen sind und glauben sich deswegen umso mehr beweisen zu müssen. Das allein wäre schon wegen der Masse nervig und anstrengend. Aber eben auch nur nervig und anstrengend."

„Von den 10.000 Emmas würden aber auch ein paar mit dir ins Bett steigen", bemerkte Jasmina und grinste frech.

„Bestimmt. Es kämen aber eben nicht nur streberhafte Emmas; es kämen auch solche Typen, wie wir sie im Park getroffen haben. Nur eben obendrein noch mit magischen Kräften. Natürlich haben wir solche Vergewaltiger auch in unserer Welt mehr als genug, aber das ist kein Argument auch noch die aus einer anderen Welt bei uns einzulassen. Aber nun genug davon. Ich will jetzt ins Bett."

„Gute Nacht", wünschte Jasmina mir.

„Gute Nacht", antwortete ich, ging auf mein Zimmer und schlief ziemlich schnell ein.

Kapitel 3: Der Weltfrauentag

Ein paar Tage später war es soweit: Der Weltfrauentag begann. Am Tag vorher kam die kleine Französin zu mir in die Kiste, um ihren Teil der Abmachung zu erfüllen. Nach dem Beischlaf lagen wir noch ein paar Minuten zusammen und sie fragte, was ich am Weltfrauentag vorhätte? „Mal sehen", antwortete ich.

„Also ich werde mit Emma in die Stadt der Menschen gehen."

„Und was macht Ihr da?"

„Nun, es gibt einige Demonstrationen dort."

„Ach und da wollt Ihr hin?"

„Nee. Bloß nicht. Denen gehen wir schön aus dem Weg."

„Warum erwähnst du sie dann überhaupt?"

„Weil ein paar andere Mädels aus der Universität dort hin gehen und wir sie zumindest einen Teil der Strecke begleiten werden. Bevor wir jedoch den Platz erreichen, wo die Demo beginnt, werden Emma und ich uns verabschieden und ein paar schöne Lokale aufsuchen. Ich habe mich schon erkundigt; der Wein dort soll hervorragend sein."

„Trinkt Emma denn genauso gerne wie du?", fragte ich.

„Nein. Sie trinkt kaum etwas, aber dafür redet sie sehr viel und gerne, aber das weißt du ja."

„Das ist praktisch Allgemeinwissen."

„Eben. Sie redet gerne und ich trinke gerne. Passt doch. Dann kann sie labern und ich kann saufen und sie passt auf, dass ich wieder heil nach Hause komme", meinte die Französin.

„Und das du nicht mit einer bösen Lesbe im Bett landest",

scherzte ich.

Tatsächlich musste sie lachen. Dann machte sie mir ein Geständnis: „Weißt du, ich bin nicht einmal besonders sauer, dass du mich erpresst mit dir ins Bett zu gehen. Ich genieße die Zeit mit dir."

Ich wollte schon wieder etwas sagen wie: „Dann verlass den Mistkerl und lebe bei mir."

Aber ich ließ es, denn offenbar konnte ich sie dazu nicht drängen und vielleicht würde sie von selbst zur Vernunft kommen. Aber wie sagte irgendein böser Rechtspopulist mal so schön: „Man darf niemals auf das hören was Frauen sagen, sondern man muss auf das achten was sie tun."

Ist mit Politikern genauso. Und was sie nach einer kurzen Pause unseres Gespräches tat war, aufstehen, sich anziehen, mir einen Kuss geben und gehen. Dann sagte sie noch: „Bis nächste Woche."

Immerhin: Zu dem Kuss zum Abschied hatte ich sie nicht gedrängt und sie hatte ihn mir trotzdem gegeben.

*

Tja und dann war er da: Der ach so wichtige Weltfrauentag. Einer meiner männlichen Mitbewohner stand frühmorgens auf, machte ein Fenster auf und rief über den ganzen Campus hörbar: „Welttittentag!"

Damit war der Welttitten... äh ich meine der Weltfrauentag eröffnet. Meine kleine Französin hatte mich auf die Idee gebracht, dass man an dem freien Tag ja etwas unternehmen könnte. Also hatte ich am Abend zuvor eine

Wanderung vorgeschlagen. In der Menschenstadt gab es ein paar größere Waldgebiete; eines rund um einen Ort namens „Teufelsberg" gelegen. Offenbar hatte der Teufel, der einst über ihr Land geherrscht hatte, dort mal ein Gebäude errichtet und nachdem seine Herrschaft durch die anderer Teufel abgelöst worden war, wurde das Bauwerk mit Schutt überschüttet und es wurde ein Berg darauf. Dort wollte ich wandern gehen und die meisten waren dabei. Nur meine beste Freundin und Blondie wollten lieber zu zweit im Haus bleiben. Was sie da wohl vorhatten?

„Na wir wollen das Haus bewachen", behauptete sie.

„Ja, unter anderem wollt Ihr das tun", entgegnete ich, aber ganz unrecht hatte sie ja nicht.

Das Haus sollte man sicherheitshalber nicht allein lassen. Aber zur Verstärkung braute ich ihnen noch ein paar Zaubertränke, die man im Fall der Fälle auf Angreifer werfen und damit ordentlich Schaden anrichten konnte. Tja und dann war es am 08. März soweit und wir zogen langsam aber sicher los. Zunächst einmal spazierten wir etwas über das Universitätsgelände, weil einer von uns ein Zauberbuch noch schnell in der trotz Feiertag offenen Unibücherei abgeben wollte. Wir warteten also kurz auf ihn, aber immerhin beeilte er sich und war rasch wieder bei uns. Ich wollte gerade den Teleportationszauber beginnen, als plötzlich der Freund meiner süßen Französin an uns vorbei marschierte. Er murmelte etwas in meine Richtung, dass wie „dreckige Hure" klang und ich sprach erstmal den Kackthronum-Zauber. Dieser sorgte dafür, dass er sich kräftig in die Hosen kackte und sofort in Richtung nächstes Klo watschelte. Während des Laufens warf er mir böse Blicke zu. Die meisten meiner

Kameraden hatten den leise ausgesprochenen Zauber nicht bemerkt. Nur Jasmina erinnerte mich daran, dass ich der Französin ja etwas versprochen hatte. „Was denn? Er lebt doch noch", entgegnete ich daraufhin nur gelassen.

Tja und dann wanderten wir endlich so richtig los. So eine gemeinsame Wanderung stärkt ja auch den Zusammenhalt in der Truppe und ist daher gesund für die Moral. Ich teleportierte uns alle in die Nähe des Berges und wir begannen mit unserer eigentlichen Wanderung. Zunächst einmal sahen wir uns den Berg selbst an und bestiegen ihn. Er war nicht übertrieben hoch, aber trotzdem meiner Einschätzung nach sehr gut geeignet, um im Herbst Drachen steigen zu lassen. Natürlich nicht die Drachen aus unserer Welt, sondern die kleinen, niedlichen Dinger, die sich Menschenkinder basteln, um damit zu spielen. Oben auf dem Berg angekommen, genossen wir die wundervolle Aussicht. Man konnte richtig schön in die Weite sehen. Wir genossen das eine Weile und machten uns dann wieder an den Abstieg; diesmal jedoch an einer anderen Seite des Berges, wo sich eine schöne ältere Treppe befand. Wieder unten angekommen marschierten wir los in Richtung Wald. Im Wald war es wirklich sehr schön und wir führten während der Wanderung einander näherbringende Gespräche. Einer meiner Mitstreiter erzählte mir alles mögliche über Gott und die Welt. Auch darüber, wie schwer es seine Mutter mal mit den Männern gehabt hatte. „Inzwischen ist sie jedoch sehr glücklich mit meinem Stiefvater. Ein guter, anständiger Mann. Manchmal meckert er sehr viel, aber er liebt sie und behandelt sie gut. Da hatte sie es früher schwerer und das hat man am Anfang ihrer Liebe auch bemerkt. Obwohl er sie nie geschlagen hat, hatte sie oft Angst; eben wegen der

Beziehung vorher, in der sie geschlagen wurde. Aber inzwischen weiß sie, woran sie mit meinem Stiefvater ist und traut sich oft ihm die drei magischen Worte zu sagen."
„Welche denn? 'Ich liebe dich'?", fragte ich.
„Nein. 'Halt die Klappe'", zitierte er seine Mutter.
Da musste ich lachen.
So gegen Mittag machten wir eine Pause, futterten und tranken etwas, genossen dabei nach wie vor die angenehme Waldluft und wanderten anschließend weiter. Unterwegs sahen wir einen schönen Pferdehof, der aber ziemlich streng roch, da der Betreiber gerade Massen an Pferdeäpfel auf einen gigantischen Haufen geschüttet hatte. Das mussten Tonnen an Pferdescheiße sein. Offenbar hortete er das Zeug, um es zu einer Art Dünger zu verarbeiten und dann zu verkaufen. Oder aber er verkaufte es in der Menschenwelt an Linke für ihr Projekt „Pferdescheiße essen gegen rechts". Ja, es war immer wieder interessant zu erfahren, was die Menschen in ihrer Welt so alles an Absurditäten trieben. Aber war und ist unsere Welt denn weniger absurd?
Wie auch immer; am Abend erreichten wir unser Ziel und ich teleportierte uns wieder auf's Universitätsgelände. Dort angekommen gingen wir noch ein paar Schritte zu unserem Verbindungshaus.
Nur..., da war plötzlich kein Verbindungshaus mehr! „Hä? Hast du uns zum falschen Ort teleportiert?", fragte einer der Gardisten an mich gewandt.
„Nee. Da drüben ist doch der Baum, der neben unserem Haus... Oh mein Gott!", rief Mindy aus und zeigte auf dem Baum.
Blondie und meine beste Freundin hingen nackt am Baum. So schnell wie möglich rannten wir hin. Als wir nahe

genug dran waren, bemerkten wir immerhin, dass sie nicht erhängt worden waren. Stattdessen waren sie gefesselt und geknebelt und das Seil war um ihren Körper gebunden. Wir holten die beiden vom Baum herunter und befreiten sie von Seilen und Knebeln. „Geht es euch gut? Was ist passiert?", fragte Jasmina.

„Die Griffel-Leute haben uns angegriffen. Sie riefen etwas von 'Vergeltung'."

War das etwa wegen dem Kackthronum-Zauber?, fragte ich mich in Gedanken.

„Die müssen gerade reden. Nach allem was sie einer von uns angetan haben", meinte Mindy.

Oder war es, weil ich schon wieder mit seiner Freundin im Bett war?, lautete meine nächste gedankliche Frage. Dann dachte ich mir: *Egal was davon es ist. Das war vor allem eine Sache zwischen mir und ihm. Wenn er sein und mein Haus da mit hineingezogen hat, dann ist er derjenige, der die Dinge hier eskalieren lassen will. Das müsste, wenn es nach mir geht, nicht sein, aber wenn er es so will, dann bekommt er die volle Ladung. Er hat unser Haus zerstört und zwei meiner Leute misshandelt. Dafür muss er zahlen.*

„Rache!", schrie Mindy und wollte schon los zum Haus der Griffelgenossen rennen.

Aber ich hielt sie zurück. „Nein. Die rechnen doch damit, dass wir sie jetzt sofort angreifen. Sie erwarten uns bestimmt mit Fallen", sagte ich.

„Also willst du, dass wir auf Vergeltung verzichten?", fragte Mindy.

„Natürlich nicht. Du solltest mich besser kennen", antwortete ich.

„Also. Was machen wir?", fragte daraufhin Jasmina.

Während ich kurz überlegte, zauberte einer meiner Mitstreiter den beiden Nackten ein paar neue Klamotten. So wie ich die Lage einschätzte, würden wir ihnen demnächst auch neue Zauberstäbe besorgen müssen, denn ihre Alten dürften wohl weg sein. Aber Zauberstäbe konnte man sich merkwürdigerweise nicht einfach so herbeizaubern. Gut, ich würde mich darum kümmern und die beiden zur Not sogar in einen entsprechenden Laden begleiten. Aber erstmal galt es etwas anderes zu erledigen. Ich sagte zu meinen Leuten, dass ich gleich wieder da sein würde und teleportierte mich zu dem Pferdehof an dem wir vorbeigekommen waren. Dann zauberte ich ungefähr 10.000 Euro in den Briefkasten des Besitzers und zauberte die ganzen Tonnen an Pferdescheiße durch ein Portal in das Haus der Griffelstudenten. Dieses wurde so schnell mit Pferdeäpfeln überflutet, dass sie nur noch schreien konnten.

Im Anschluss teleportierte ich mich wieder zu meinen Kameraden zurück. Diese fragten mich, was wir denn nun in Sachen Griffelbande tun sollten? „Ist alles bereits erledigt. Ich habe ihr Haus mit Pferdemist geflutet", verkündete ich.

Daraufhin brachen alle in lauten Jubel aus; außer meine beste Freundin und Blondie. Diese waren immer noch ein wenig von der Zeit mitgenommen, die sie an dem Baum gehangen hatten. Komisch auch, dass irgendwie kein Lehrer mitbekommen hatte, dass sie dort hingen und unser Haus zerstört worden war. Aber vielleicht hatten die alle ihren freien Tag außerhalb des Unigeländes verbracht. Ausgenommen offenbar die Bibliothekarin, bei der einer meiner Leute ja am Morgen ein Buch abgegeben hatte. Aber die dürfte in ihrer eher abgeschotteten Bücherei wohl wenig bis gar nichts mitbekommen haben. Gut, auf alle Fälle hatte ich mich... äh ich meine uns und unser Haus gerächt und nun galt es den nächsten Schritt zu planen. Zunächst einmal brauchten wir eine Bleibe für die Nacht. Also begann ich kurz zu überlegen. Aber während ich noch nachdachte, kam bereits eine uns zahlenmäßig weit überlegene Horde Griffelschüler ... oder meinetwegen Griffelstudenten wenn Sie so wollen ... anmarschiert und fuchtelte ziemlich sauer mit ihren Zauberstäben herum. Einige feuerten sogar bereits Blitze auf uns ab. Drei meiner Leute feuerten zurück und killten dabei einen von ihnen. Da sie uns jedoch zahlenmäßig weit überlegen waren, teleportierte ich uns erstmal ganz schnell zurück auf den Teufelsberg. Das war irgendwie der erste Ort, der mir einfiel. Doch obwohl es ziemlich dunkel war, war der Berg nicht ungenutzt. Einige Menschen waren auf ihm und feierten offenbar so eine Art nächtliche Orgie. Sie waren so mit einander beschäftigt, dass sie uns erst gar nicht bemerkten. Erst als ich uns vom Berg woanders hinzauberte, sah ich noch in letzter Sekunde wie ein paar nackte Frauen aufschauten und in unsere Richtung blickten. Aber da waren wir praktisch schon weg. Ich teleportierte uns noch an ein paar andere Orte und von denen gleich wieder weg, falls jemand von den Griffelgenossen in der Lage ist, unserer Teleportationsspur zu folgen. Bei denen durfte man nichts ausschließen; besonders nicht bei ihrem großen Helden, den ich unter dem aggressiven Mob allerdings nicht erblickt hatte. Nachdem wir einen weiteren Ort erreicht hatten, ließ ich uns ein ganzes Stück laufen, bevor wir erneut teleportierten. Dann wieder und wieder, so lange bis wir einen dunklen Stadtpark erreichten. Von dort aus ließ ich

🐧🐧🐧🐧🐧🐧🐧🐧🐧🐧🐧🐧🐧🐧🐧🐧🐧🐧🐧🐧

Jasmina den Flaschensammler anrufen und sie ihn fragen, ob er ein leerstehendes Haus kennen würde, welches sich als gutes Versteck für uns eignen würde? Wir versprachen ihm, dass auch etwas Kohle für ihn dabei drin sei. Er war natürlich sofort sehr entgegenkommend und holte uns einige Zeit später im Park ab.

Vom Park aus führte er uns eine ganze Weile durch die dunkle, nächtliche Stadt. Gewiss war sie nicht ungefährlich, aber wir waren zu viele, als dass sich eine Bande von fünf oder sechs Räubern an uns herangetraut hätte. Irgendwann kamen wir in eine Gegend mit mehreren verfallenen Häusern. Unser menschlicher Mitstreiter führte uns in das am wenigsten Verfallene und wir ruhten uns dort erstmal etwas aus. Ich wollte ihm das Geld geben, aber er winkte erstmal ab. „Habe ich doch gern gemacht. Ihr habt mir doch auch geholfen", meinte er nur. Trotzdem drängte ich ihm die Moneten auf, denn er hatte sie sich verdient und für mich war es kein Problem Neue zu zaubern. Als er weg war, zauberten wir uns das Haus zumindest innen etwas wohnlicher und entspannten uns so richtig. Nur ein paar von uns wurden von mir als Wachposten abkommandiert, aber ich versprach ihnen, dass ich sie bald persönlich ablösen würde.

Natürlich hielt ich mein Versprechen und so endete der Frauentag für mich weit nach Mitternacht, indem ich Wache stand und meine Leute beschützte, die in einem fremden Haus Ruhe und Kraft schöpften, während ich in die Finsternis starrte.

Kapitel 4: Der neue Krieg?

Ahnungsgrauend, todesmutig brach der neue Morgen an.
Und die Sonne, kalt und blutig, beleuchtete unsere blutige
Bahn.
Ich war in der Nacht zuvor sehr spät abgelöst worden,
entsprechend müde und deswegen sehr schlecht gelaunt.
Na ja, nicht nur deswegen. Unser Haus war weg, unsere
Erzfeinde hatten uns zweimal angegriffen und wir hatten
einen von ihnen dabei getötet, was sie nicht
unwidersprochen lassen würden. Während einer meiner
Kameraden aufstand, murrte er: „Das wäre alles nicht
passiert, wenn es keinen verdammten Weltfrauentag
gegeben hätte."
„So ist es", stimmte ich ihm zu und fügte hinzu: „Davon
ganz abgesehen wissen die Einführer dieses Feiertages in
der Menschenstadt noch nicht einmal was eine Frau ist.
Frag sie ruhig mal; frag sie, wie sie 'Frau' definieren? Was
ist laut deren Definition denn eine Frau? Was macht in
deren Weltsicht eine Frau aus?"
„Ich habe wenig bis gar keine Lust mit diesen Leuten zu
reden", entgegnete mein Kamerad.
„Kann ich verstehen. Was willst du auch zu Leuten sagen,
die dich fertig machen wollen, nur weil du ihre Ideologie
nicht teilst?"
„Dann dürften wir mit den Griffelleuten auch nicht groß
reden können oder?", fragte er mich nun.
„Eher nicht. Zwar waren sie es die uns angegriffen haben,
aber wir erledigten einen ihrer Leute. Dafür werden sie
Rache wollen. Ihren Beitrag zu diesem Konflikt werden
sie bewusst unter den Teppich kehren; sie und all

diejenigen, die ihnen wohlgesonnen sind. Sie werden ihren Teil verschweigen und sich selbst als die absolut Guten und uns als die absolut Bösen hinstellen."

„Könnte dieser große Held nicht irgendwie vermitteln? Ich mag ihn zwar nicht, aber immerhin hat er sich wirklich für Frieden und Versöhnung eingesetzt", fragte er mich.

„Dazu müsste ich an den Helden herankommen. Das ist Schwierigkeitspunkt Nummer eins. Punkt Nummer zwei ist, dass ihn sein eigenes Lager inzwischen massiv mit Lügen gefüttert hat. Mit Lügen und Halbwahrheiten. Und alles was sie uns angetan haben, werden sie ihm gegenüber verschweigen. Also wird auch er gegen uns in den Kampf ziehen", meinte ich.

In Gedanken fügte ich hinzu: *Vielleicht hätte ich mich einfach schon viel früher an ihn wenden sollen? Womöglich gleich nach der Entführung und Vergewaltigung. Verdammt. Hinterher weiß man es immer besser.*

„Was sollen wir jetzt tun?", lautete nun die nächste Frage meines Kameraden.

Ich führte die Schlangengarde an, also musste ich auch die Entscheidung treffen. Der Feind war uns zahlenmäßig weit überlegen, aber wir hatten uns erstmal ziemlich gut vor ihm versteckt. Unser menschliche Kumpel hatte uns sogar zur Sicherheit eine zweite Adresse gegeben, falls wir aus diesem Haus schnell verduften mussten. Er meinte jedoch, wenn wir dorthin kämen könnte das Haus schon von jemandem in Anspruch genommen worden sein. Derzeit wären in der Menschenwelt nämlich so manche politisch nicht mehr erwünschten Leute auf der Flucht. Während ich ein wenig nachdachte, wachten mehr und mehr meiner Kameraden auf. Mindy überprüfte die Schutzzauber, die sie letzte Nacht noch kurz über unser Gebäude improvisiert hatte, damit man uns nicht so einfach orten konnte; egal ob nun magisch oder über Handys. Mit den Zaubern war alles in Ordnung.

Nachdem sie alles gecheckt hatte, versammelten wir uns in der Eingangshalle des Hauses und ich besprach mit meinen Kameraden, was wir nun machen könnten: „Also: Der Feind ist uns zahlenmäßig weit überlegen. Es sind nicht nur die Griffelstudenten, sondern so ziemlich alle anderen in der Zauberwelt. Lauter Leute, die meinen auf Seiten der Guten zu stehen. Magier, die um jeden Preis das Richtige tun wollen und die ein gutes Gefühl dabei haben möchten uns in Stücke zu reißen. Die Rechtfertigungen, die sie für das was sie uns antun werden anführen werden, sind so austauschbar wie ihre Feindbezeichnungen. Wegen der Masse an Feinden kann es uns erstmal nur um eines gehen: Überleben! Dann müssen wir den Gegner aus dem Schatten heraus angreifen und schwächen. Gleichzeitig müssen wir probieren das Lager unserer Feinde zu spalten. Je mehr von ihnen abspringen und keine Lust mehr haben sich mit uns anzulegen, desto besser für uns. Die Menschen nennen den Kampf aus dem Untergrund gerne Partisanenkampf. So etwas in der Art müssen wir auch tun; sofern wir überhaupt gegen diese Masse kämpfen. Das Beste wäre es nämlich, diesen Krieg gar nicht erst richtig losgehen zu lassen. Das Beste für alle Seiten und besonders natürlich für Unsere. Darum werde ich einen Verwandlungszauber anwenden und versuchen den großen Helden aufzusuchen, um ihm die Situation zu erklären und mit ihm zu verhandeln. Er besitzt die moralische Autorität und seien wir ehrlich; er besitzt auch die nötige Gefolgschaft, um dafür zu sorgen, dass es gar nicht erst zu einem richtigen Krieg kommt. Es gab bei diesem neuen Kampf zwischen ihnen und uns bisher einen Toten auf ihrer Seite. Es könnten aber leicht hunderte Tote daraus werden. Das dürfte auch er nicht wollen, also werde ich versuchen ihn aufzusuchen und mit ihm zu reden."

„Aber wie willst du das machen? Für so einen Verwandlungszauber bräuchtest du etwas womit du dich in eine Person verwandeln könntest, die nahe an ihn herankommt", wandte Mindy ein.

Ich holte ein paar lange blonde Haare aus einem Stofftaschentuch, dass ich immer in meiner Tasche trug. Von dieser mit einem Gummiband zusammengehaltenen Haarlocke nahm ich ein paar. „Das dürfte reichen", meinte ich.

„So wichtig ist sie dir also", stellte meine beste Freundin fest und nahm dabei Blondies Hand.

Ich nickte zustimmend, ärgerte mich aber immer noch darüber, dass sie sich diese Flachzange zum Freund ausgewählt hatte. *Als ob sie keinen Besseren finden könnte*, dachte ich.

Dann redete ich weiter: „Ich mache mich jetzt langsam aber sicher an den Verwandlungszauber und sobald ich sie bin, teleportiere ich mich zurück auf das Universitätsgelände und suche den Typen, dessen Namen ich mir nicht merken kann auf. Dann schaue ich mal, ob ich ihn alleine erwische und versuche mit ihm zu verhandeln. Drückt mir die Daumen."

Alle schauten mich zuversichtlich an und ich begab mich in eine heruntergekommene Küche, die meine Leute letzte Nacht offenbar nicht durch Magie auf Vordermann gebracht hatten. Aber zumindest gab es ein paar Kochtöpfe, die als provisorische Kessel ihren Zweck erfüllten. Der Zaubertrank war in einer halben Stunde fertig und ich trank ihn. Dann zauberte ich mir eine neutrale Gaderobe, die nicht nach Schlangengarde aussah und ging wieder zu meinen Leuten. Sie lungerten in der Eingangshalle herum und warteten. „Also dann; ich breche nun auf", verkündete ich und sie wünschten mir viel Glück.

Dann teleportierte ich mich erstmal an ein paar andere Orte, lief ein Stück und zauberte mich im Anschluss zur Universität. Dort angekommen spazierte ich unauffällig über das Gelände. Ein paar Griffel-Leute begrüßten mich höflich und ich grüßte zurück. Mir fiel auf wie viele von ihnen wie Wachposten herumstanden und grimmig dreinschauten. Aber ich kam überall problemlos durch. Mir fiel auf, dass irgendwie keine Lehrer oder Professoren anwesend waren. Also fragte ich vorsichtig einen der Studenten, wo denn die Lehrkräfte abgeblieben seien.

„Hast du denn keine Rundmail gekriegt? Die haben gestern am Weltfotzentag alle zu viel gesoffen und sich die nächsten vier Tage krank gemeldet", lautete seine Antwort. Natürlich hatte ich keine Rundmail gekriegt, denn uns nahm man dreisterweise nicht in den E-Mailverteiler auf. Also antwortete ich: „Oh. Die muss wohl in meinem Spam-Ordner gelandet sein."

„Kann ich verstehen. Bei meinem Kumpel landen Unimails grundsätzlich auch immer da. Der ist eh nur zum saufen und feiern hier."

„Dem scheinen die Lehrer auch nicht gerade abgeneigt zu sein. Weißt du, wo unser großer Held ist?"

„Wo soll Mr. Überwichtig denn schon sein? Im Haus der Griffel-Leute natürlich", lautete die Antwort.

„Ah. Gut. Konnte ihn nämlich nicht erreichen;

wahrscheinlich hat er sein Telefon auf stumm geschaltet oder so."

„Wird wohl in einer wichtigen Besprechung sein. Immerhin haben wir seit gestern wieder richtig Krieg. Freue mich darauf; war das letzte Mal gar nicht richtig dabei. Kann es kaum erwarten ein paar von diesen Schlangen abzuschlachten", meinte er.

„Na dann. Schaue ich mal nach unserem großen Helden", entgegnete ich und machte mich auf den Weg zum Haus der Griffels.

*

Dort angekommen ließ mich der Wachposten durch und ich konnte mir die Bude mal so richtig von innen ansehen. Im Erdgeschoss war jedoch fast alles leer; na ja, in jedem Raum stand ein Zauberer und passte auf. Ich grüßte jeden von ihnen freundlich und stellte fest wie leicht es mir fiel den französischen Akzent meiner Liebsten nachzumachen. Da der Oberheld nicht im Erdgeschoss war, ging ich erstmal die Treppe hinauf. Im ersten Stock angekommen fiel mir erst auf wie viel größer das Haus für die Griffel-Leute überhaupt gebaut worden war. „Klar, die kriegen wieder alles in den Arsch geschoben", murmelte ich. Da packte mich plötzlich jemand von hinten und zog mich in einen Raum. Ich wollte schon nach meinem Zauberstab greifen, da bemerkte ich, dass es der Freund meiner Liebsten war. Das wäre nur ein Grund mehr gewesen nach dem Stab zu greifen, aber ich unterdrückte diesen Impuls. Auch unterdrückte ich meine Gefühle, als er mich küsste und fragte: „Wo warst du? Ich habe dich schon überall gesucht."

„War spazieren", presste ich hervor.

„Warum so nervös?"

„Weil wir Krieg haben", entgegnete ich.

„Na dann beruhige ich dich mal ein wenig und verschaffe dir Ablenkung vom Krieg."

Was er dann die nächsten fünf Minuten mit mir tat, verschaffte mir weder Ablenkung noch beruhigte es mich. Er zog mich mit sich auf's Bett und vögelte mich. Um meine Tarnung nicht auffliegen zu lassen, ließ ich ihn machen. Ihm fiel gar nicht auf, dass ich mich an der Nummer nicht wirklich beteiligte. Vielleicht dachte er, dass es an dem Übel des Krieges lag, dass in der Luft lag. Oder aber es war ihm egal. *Ist das wohl immer so, wenn die beiden mit einander schlafen? Interessiert es ihn gar nicht, ob sie richtig mitmacht oder nicht?*, fragte ich mich, während er tat was mir ganz und gar nicht gefiel.

Immerhin dauerte es nicht allzu lange. Aber für mich war jede Sekunde eine zuviel. *Halt es für die Mission aus*, sagte ich mir mehr als einmal in Gedanken.

Als er fertig war, rollte er sich von mir runter und meinte: „Wir werden den Krieg gewinnen. Und diese kleine Schlangenhure erledige ich persönlich."

Dann schaute er eine Weile an die Decke und schwärmte: „Ja, wir machen die so richtig fertig. Wir sind zahlenmäßig haushoch überlegen. Beim letzten Krieg waren wir in der Unterzahl, aber diesmal sind sie weitaus weniger und wir können sie vernichten. Das Problem ist nur unser großer Held Garry. Er will sie nicht völlig ausrotten, sondern jeden der sich ergibt gefangen nehmen. Aber wir können sie ja dann hinter seinem Rücken umlegen."

So ein Irrer. Und das alles erzählte er mir, obwohl er wusste, dass ich ... beziehungsweise seine Freundin mit einer aus dem Schlangenhaus geschlafen hatte. Der war komplett durchgeknallt.

Er wendete seinen Blick von der Decke ab und schaute mich an. „Wir werden..."

Plötzlich brach er mitten im Satz ab und starrte mich an. „Was ist denn?", fragte ich.

„Was ist mit deinem Gesicht?"

Er starrte weiter. *Oh nein. Der Zauber hört auf zu wirken*, dachte ich.

„Oh Scheiße! Du bist ... sie!", bemerkte er.

Dann rastete er richtig aus und fiel über mich her. Er versuchte mich mit beiden Händen am Hals zu packen, aber ich wich ihm ein Stück weit aus. Leider umschlang er dann mit seinen Beinen meine Beine und kriegte mich doch noch zu fassen. Er begann mich zu würgen. Ich schlug nach seinem Schädel, aber er schien das nicht einmal zu bemerken. Sein Gesicht war rot vor Hass und ich griff nach meinem Zauberstab in der Tasche. Er bemerkte das jedoch und ließ mit einer Hand meinen Hals los. Mit der anderen packte er meine rechte Hand, entriss mir den Stab, steckte ihn sich in den Mund und zerbrach ihn damit. Dann ließ er die Reste auf das Bett fallen und setzte seine Würgerei mit beiden Händen fort. Verzweifelt tastete ich nach dem Rest meines Stabes, nahm ihn schnell und rammte ihm das Ding mit voller Wucht in die Schläfe. Er ließ von mir ab und griff sich an die getroffene Stelle. Schnell stürzte ich vom Bett und erblickte auf dem Nachttisch neben dem Bett eine Schere sowie einen Stapel scheinbar selbst gedruckter und zum Teil bereits zugeschnittener Postkarten. Die Karten waren mir allerdings egal; ich nahm die Schere und stürzte mich damit auf ihn. Das alles ging so rasend schnell, dass er nicht mal Zeit hatte, um Hilfe zu rufen. Statt die Schere nur in ihn hineinzurammen, machte ich das nicht gerade kleine Ding auf, ging damit auf seinen Hals los und schnitt ihm mit ganzer Kraft die Kehle durch. Sein zorniger Gesichtsausdurck hatte einer Mischung aus Schmerz und Verwunderung Platz gemacht. Er konnte gar nicht fassen, dass eine wie ich jemanden wie ihn besiegt und getötet hatte. Komisch, denn im letzten Krieg musste er solche Siege meiner Leute über seine mehr als einmal gesehen haben.

Wir mussten bei unserem Kampf doch etwas Krach gemacht haben, denn von draußen fragte eine Stimme: „Was ist da drinnen los?"

Da der Verwandlungszauber abgelaufen war, hatte ich nicht mehr die Stimme meiner Liebsten. Trotzdem versuchte ich sie nachzumachen und rief: „Wir vögeln gerade!"

Daraufhin ging der Rufer erstmal weg. Ich hingegen erkannte meine Mission als gescheitert und schnappte mir den Zauberstab des Toten. Dann teleportierte ich mich nacheinander an verschiedene Orte, ging mehrfach ein Stück und begab mich im Anschluss zu unserem „Safehouse" zurück. Dort angekommen sagte ich meinen Leuten kurz, dass der Plan nicht geklappt hatte und ich mich frisch machen musste. Das jedoch nur knapp im Vorbeigehen, sodass ich nicht bemerkte, wer uns da besuchen gekommen war.

Erst als ich mich gesäubert hatte, kam ich wieder zu meinen Kameraden und bemerkte, dass Emma und die süße Französin in ihrer Mitte saßen. „Die beiden sind zu uns gekommen, um mit uns nach einer friedlichen Lösung zu suchen", erklärte meine beste Freundin kurz das Offensichtliche.

„Danach habe ich auch gesucht, Liebste. Aber es hat nicht geklappt. Ich wollte als Du verkleidet zum Helden gehen und ihm alles erklären; jedoch hat mich dein Freund abgepasst, mich gevögelt und dann hörte der Verwandlungszauber auf zu wirken und er versuchte mich zu ermorden. Also habe ich ihn getötet; es ging leider nicht anders", erklärte ich unseren beiden Friedenstauben. Mein Schatz fing an zu weinen. Emma legte ihr tröstend eine Hand auf die Schulter. Ich wandte mich an Mindy und fragte: „Wie haben die beiden uns gefunden?"

„Anscheinend sind Emmas Ortungszauber stärker als unsere Schutzzauber. So jedenfalls hat sie es erklärt, als ich sie kurz nach ihrer Ankunft gefragt habe."

„Gut. Emma ist eine Ultrastreberin. Nur weil sie uns gefunden hat, heißt das nicht, dass die anderen aus ihrem Lager das ebenfalls auch nur ansatzweise schaffen", meinte ich.

„Trotzdem sollten wir Vorkehrungen treffen; wir sind bereits alle wachsam, aber ich finde wir sollten verschwinden und ein paar Fallen hinterlassen."

„Mindy, es genügt völlig wenn wir verschwinden. Außerdem könnten solche Fallen dann auch von irgendwelchen menschlichen Obdachlosen oder politischen Flüchtlingen aktiviert werden, wenn die sich hier verstecken", gab ich zu bedenken.

„In Ordnung. Dann verduften wir langsam", stimmte Mindy zu.

Mein Augenstern heulte noch immer. „Wir werden jetzt

besser gehen. Ich nehme an, man hat euch beiden berichtet, wie die Dinge gestern so eskalieren konnten?", fragte ich.

„Ja", antwortete Emma.

„Würdet Ihr eurem Anführer sagen was passiert ist? Wie die Dinge aus unserer Sicht stehen und das wir bereit für Frieden sind?", lautete meine nächste Frage.

„Machen wir", versprach Emma.

Meine Kleine jammerte noch immer. Ich hielt es für ratsamer, erstmal nichts zu ihr zu sagen. „Also dann. Wir brechen gleich auf!", rief ich meinen Kameraden zu.

„Jawohl!", antworteten einige sofort.

Da schlug plötzlich ein Feuerball in das Haus ein. Er riss ein gutes Stück Wand mit sich und setzte fast alles um uns herum in Brand. Rasch zauberte meine beste Freundin jede Menge Wasser her und löschte alles. Da wurden schon die ersten Blitze geschleudert, doch bevor sie uns erreichen konnten, ließ sie das Wasser schnell wieder verschwinden und schoss es in Form von spitzen Eiskristallen in Richtung unserer Angreifer. Diese konnten wir zwar noch nicht sehen, aber wie erahnten zumindest ihre Richtung. Es war strategisch sehr schlau von ihnen, uns einfach mit Blitzen und Feuer aus der Distanz zu beschießen. Umso unverständlicher war mit dann das einige von ihnen plötzlich „Attacke!", brüllten und in unser Haus stürmten, um sich uns im Nahkampf entgegen zu stellen.

Gewiss, das war sehr mutig, aber eben auch sehr dumm. Sie hätten uns locker aus der Ferne vernichten können, aber stattdessen griffen einige von ihnen uns persönlich an. Ich kann mir das nur erklären, dass diese Vorstürmer nicht auf den Befehl des Helden handelten, sondern wegen ihrer Unerfahrenheit alleine vorpreschen und selbst große Helden werden wollten. Oder aber der heldenhafte Jarry hatte ihnen befohlen, uns im Kampf Mann gegen Mann zu stellen, damit er einige von uns gefangen nehmen konnte? Oder aber er wusste, dass Emma und meine Kleine auch hier waren und wollte nicht riskieren sie mit uns und dem Haus zu vernichten? In dem Fall hätte er jedoch den ersten Feuerball und die Blitze gar nicht erst zugelassen. Für mich sah es jedenfalls nach einer ungeplanten Attacke aus und genau so kämpften diese wackeren Einzelkämpfer auch, als sie bei uns eindranken. Wild schleuderten sie Feuer und Blitze um sich und wir konnten sie gezielt erledigen. Dann teleportierte ich uns alle so schnell wie möglich weg. Dann wieder weg und immer so weiter, bis ich zu dem Schluss kam, dass wir in Sicherheit waren. Erst da bemerkte ich, dass einer meiner Kameraden gefallen war. Leider war es nicht Blondie, der mich am meisten ärgerte und über den ich mir immer wieder dachte: Der Führer ist tot, aber sein Hund hat überlebt.

Ich war traurig einen der Meinen verloren zu haben; ehrlich gesagt wäre ich selbst bei einem Ableben Blondies zumindest betrübt gewesen. Dann wiesen mich Mindy und Jasmina darauf hin, dass Emma und meine Süße durch das Feuer der eigenen Leute verletzt worden waren. Sie hatten ganz schön etwas abbekommen und waren sogar bewusstlos. Mir blieb für einen Augenblick das Herz stehen, aber Jasmina meinte schnell: „Die bekommen wir schon wieder hin."

Rasch wirkten sie und Mindy ein paar Heilungszauber und ich sah die beiden Ohnmächtigen ruhig und gleichmäßig atmen. Nachdem das erledigt war, teleportierte ich uns zu dem Haus, welches uns unser Menschenfreund als zweite

Zuflucht empfohlen hatte. Dort wirkten meine Leute massenhaft Schutzzauber und stellten vor dem Haus einige Fallen auf, die jedoch niemanden verletzen, sondern nur Signale geben sollte, falls jemand kam.

*

„Das läuft alles andere als gut", murmelte ich, als ich etwa eine Stunde später im Wohnzimmer des neuen Hauses nervös auf und ab ging.

Erst im Haus war mir überhaupt aufgefallen, dass ich auch ein paar kleinere Schrammen abbekommen hatte. Ich heilte sie mir selber, aber es konnte gut sein, dass ich sie, da ich mich selbst ja nicht sehen konnte, nicht komplett erwischt hatte und eventuell Narben zurückblieben. Doch im Moment war mir das egal, da ich bereits mehr als genug seelische Narben von all dem Erlebten der vergangenen Stunden, Tage, Wochen, Monate und Jahre trug.

„Die Lage ist wirklich übel", sagte ich mehr zu mir selbst, als zu der zweiten im Raum anwesenden Person.

„Ja, jeder Verlust ist einer zu viel, aber immerhin sind wir fast alle da heil rausgekommen. Und deine Liebste lebt ebenfalls noch", gab Jasmina zu bedenken.

„Stimmt schon. Trotzdem; das alles wäre nie passiert, wenn ich vieles anders gemacht hätte", entgegnete ich.

„Wir können es aber jetzt nicht mehr ändern. Warten wir ab, bis Emma und die kleine Französin wieder aufwachen. Dann können sie zum Helden gehen und verhandeln."

„Klar. Nachdem wir bestimmt 17 von seinen Genossen

getötet haben, die so dumm waren in unser Haus vorzustürmen", meinte ich in bissigem Ton.

„Das ist Krieg. Im Krieg sterben nun einmal Leute. Wenn er nicht gewollt hätte, dass wir seine Leute killen, dann hätte er sie nicht in den Kampf gegen uns schicken dürfen", fand Jasmina.

„Wie geht es den anderen?", fragte ich.

„Blondie ist mit deiner besten Freundin auf ein Zimmer gegangen. Sie wollen noch mal bumsen, bevor es für sie womöglich aus ist."

„Dachte ich mir. Weißt du Jasmina, vor allem seit sie auf diesen Dödel steht, haben wir doch sehr viel weniger gemeinsam als früher. Ich gewinne langsam den Eindruck, du entwickelst dich nach und nach viel eher zu meiner besten Freundin. Das heißt nicht, dass sie nicht mehr meine Freundin oder für mich gar unwichtig geworden ist; es ist einfach eine nüchterne Feststellung der Faktenlage", fand ich.

„Danke."

„Ich stelle lediglich Tatsachen fest. Aber auch wenn Freundschaft sehr wichtig ist; nun geht es in erster Linie ums Überleben."

„Sicher, aber wenn man gegen einen übermächtigen Feind überleben will, braucht man ein gutes und gesundes Netzwerk an Freunden und Familienmitgliedern", meinte Jasmina.

Da stimmte ich ihr zu. Dann fragte sie mich: „Glaubst du wirklich, dass wir mit der anderen Seite nun nicht mehr verhandeln können? Nicht einmal über Emma und deinen Schatz?"

„Ich fürchte nein, aber ich kann Emma ja trotzdem mit entsprechenden Angeboten zum Helden schicken."

„Und die Kleine?"

„Der biete ich an bei mir zu bleiben."

Bevor Jasmina etwas dazu sagen konnte, ging die Tür zu diesem Raum auf und zwei meiner Kameraden führten eine Frau um die 50 hinein. „Wer ist denn das?", fragte ich.

„Eine Menschenfrau", lautete die Antwort.

„Das sehe ich selbst. Toll das du vor ihr dieses Wort benutzt; jetzt weiß sie, dass wir keine Menschen sind", bemerkte ich genervt.

„Na ja, aber du hast es ihr jetzt noch einmal bestätigt", entgegnete der Gardist.

„Und du gerade ebenfalls."

„Aber du doch jetzt auch wieder."

„Und du nun ..."

„Leute!", rief da die Menschenfrau.

„Ja? Was?", fragten ich und der Gardist gleichzeitig.

„Ich habe längst bemerkt, dass Ihr Zauberer seid. Ich kenne mich da ein wenig aus", meinte sie.

„Schön. Und was machen Sie hier?", fragte ich.

„Das hier ist sozusagen mein Versteck. In England wurde es mir zu heiß. Zwar ist nicht etwa die Staatsmacht hinter mir her, aber viele Aktivisten hassen mich, weil ich die Meinung geäußert habe, dass es nur zwei Geschlechter gibt und Transfrauen keine Frauen wären. Das stieß denen sauer auf...", lautete ihre Antwort.

„Hm. Tatsächlich kommen Sie mir sehr bekannt vor. Haben Sie nicht diese Fantasyromane geschrieben?", lautete meine nächste Frage.

„Ja, genau!", rief sie aus.

„Sie waren doch auch dagegen, dass Großbritannien aus der EU austritt, oder?"

„Richtig."

„Sie sind doch auch eingeknickt, als Sie meinten, Sie hätten bei einer ihrer wichtigsten Figuren die Hautfarbe gar nicht erwähnt und sie könnte, ganz im woken, politisch korrekten Sinne, ja Schwarz sein?"

„Aber wieso denn 'eingeknickt'?"

„Na weil das ein Einknicken ist. Diesen Leuten darf man niemals auch nur den kleinen Finger reichen, sonst reißen die einem gleich den ganzen Arm ab! Wie Sie selbst eben angedeutet haben; den nächsten Schritt, nämlich den bezüglich der Geschlechter, sind Sie ja dann nicht mitgegangen. Da haben Sie endlich mal Mut bewiesen und natürlich gab es dann Gegenwind. Immerhin wollten Sie diesen Schritt nicht mitgehen, aber alle anderen davon sind Sie mitgegangen. Und das als Vorbild für Millionen Menschen; besonders für Kinder. Sie hätten von Anfang an standhaft sein und klare Kante gegen diese totalitäre Ideologie zeigen müssen. Warum haben Sie das nicht gemacht? Warum haben Sie gewartet, bis diese Leute immer irrer geworden sind? Warum haben Sie erst ein wenig aufgemuckt, als es Ihre eigene Gruppe, nämlich biologische Frauen, betroffen hat?", konfrontierte ich sie.

„Bitte! Ich habe viele meiner eigenen Fehler doch schon längst eingesehen!", verteidigte sie sich.

„Kann sein, wobei ich mir da ehrlich gesagt gar nicht so sicher bin. Auf alle Fälle haben sie lange mitgemacht", erinnerte ich mich und fügte in Gedanken hinzu: *Aber ich muss gerade reden, was?*

Dann sagte ich wieder an die Autorin gewandt: „Aber was soll's. Für ihre ehemaligen Genossen sind Sie jetzt unten durch. Für die sind Sie jetzt auch eine von den Bösen. Ich habe natürlich davon gehört, wie die Sie canceln und sogar das von Ihnen erfundene Spiel umbenennen."

„Die werden eben immer verrückter", bemerkte die Autorin.

„Verzeihung, aber wer genau ist sie eigentlich?", fragte einer der beiden Gardisten, die sie hinein gebracht hatten. Ich entschied mich dazu seine Frage zu beantworten, indem ich mich direkt an die Autorin wandte und sagte: „Also dann, liebe Frau Jay Rey Stowling. Willkommen auf der dunklen Seite. Wir haben Sie schon erwartet."

*

Tatsächlich konnte die Autorin uns ein Stück weit weiterhelfen. Sie rief einen Freund in Großbritannien an, bei dem sie sich wegen ihrer Berühmtheit nicht verstecken konnte, aber auf dessen Landhaus wir als Angestellte getarnt erstmal unterkommen konnten. Also zauberte ich uns alle dorthin. Emma und meine Liebste kamen natürlich mit, während Stowling in Deutschland blieb. Auf dem Landhaus angekommen bot Emma an, für uns doch noch mal mit dem Helden zu verhandeln, aber ich legte ihr Angebot erstmal auf Eis, weil ich mir nach all den Toten ziemlich sicher war, dass sie als Vermittlerin nicht ausreichen und als Geisel viel nützlicher sein würde. Das sagte ich ihr auch und teilte meiner Geliebten mit, dass sie vorläufig ebenfalls eine Geisel war. Die Zauberstäbe hatten wir ihnen übrigens abgenommen, als sie bewusstlos waren. Verständlicherweise waren die beiden Mädchen über diese Situation alles andere als begeistert, aber wir versprachen sie immer gut zu behandeln. „Und dich behandele ich natürlich besonders gut", sagte ich zur Französin.

Sie war zwar immer noch traurig wegen ihrem Freund, schien meiner Ansage gegenüber jedoch alles andere als abgeneigt zu sein. Ihre Abneigung war sogar so gering, dass sie die Nacht nach der Ansage mit mir im Bett verbrachte.

Nun hatten wir erstmal ein paar Tage und Nächte Ruhe vor dem Krieg.

*

Wir schlugen etwa eine Woche Zeit auf dem riesigen Landsitz tot. Dann entschloss ich mich, mit ein paar Kameraden in die nächst gelegene Menschenstadt zu gehen. Ich wusste, dass es von dort einige Zugänge zur Zauberwelt gab, die man benutzen konnte ohne Magie anzuwenden. Die kannte ich noch von meiner Zeit auf der Zauberschule. Man hatte sie uns eingetrichtert für den Fall, dass wir mal über keine Zauberstäbe verfügten. Also verabschiedete ich mich ganz herzlich von meinem Herzblatt und scherzte nach einem liebevollen Kuss: „Sehen wir uns nicht in dieser Welt, dann sehen wir uns in Bielefeld."

Das brachte sie endlich mal wieder zum lachen und ich konnte mit einem guten Gefühl auf die Mission gehen. Mein Plan war es, dass wir einen der Zugänge zur Zauberwelt erstmal beobachteten und wenn uns etwas Verdächtiges auffiel, mieden wir ihn. War mit dem Ding aber alles in Ordnung, wollten wir ihn benutzen, uns in die

Zauberwelt schleichen und dort nach Informationen suchen. Zwar könnte ich uns auch in eine Gasse der Zauberweit einfach mit Magie hinein teleportieren, aber wenn wir dabei zufällig gerade beim Auftauchen an die Falschen gerieten, wären wir am Arsch. Allerdings bestand dieses Risiko auch, wenn wir durch einen Eingang gingen und dieser war auf der anderen Seite bewacht. Doch gab es eben auch Eingänge, bei denen man einfach nur eine Tür aufmachen musste und dort konnte man durchschauen bevor man durchging. Man konnte sich also einen Überblick verschaffen, wenn die Tür offen war und man musste dafür nicht erst durchgehen. Und wenn uns jemand bemerkte oder gar beschoss, schlugen wir die Tür eben schnell wieder zu und suchten das Weite. Es kam eben alles darauf an, ob jemand die Tür beobachtete und wenn sie jemand im Auge behielt, ob dieser Jemand uns sah, bevor wir ihn sahen. Denn jemand der eine öffentliche Tür heimlich bewachte, würde nicht erst schießen und dann schauen auf wen er da geschossen hatte; schließlich nutzten Leute aus unserer Welt solche Türen täglich zu Hunderten.

Also zogen ich, Mindy und Jasmina unseren kleinen Erkundungsausflug durch. Unser Plan war einfach; wir wollten in die Zauberwelt hinein gehen, uns ein wenig umhören was die Passanten über den Krieg sagten und auf jeden Fall einige Zeitungen kaufen, damit wir herausfanden was die Presse, die Universität und das Ministerium so alles dachten. Dabei wussten wir natürlich, dass alles was in den Medien veröffentlicht wurde mit Vorsicht zu genießen war, denn gewiss wussten unsere Gegner, dass wir, also „der Feind" auch Zeitungen las und das deswegen aus militärtaktischer Sicht die Öffentlichkeit gleichbedeutend mit dem Feind war, weil alles was sie erfuhr auch der Feind bemerkte. Deswegen war und ist es praktisch noch immer eine kriegstaktische Pflicht die Öffentlichkeit zu belügen. Also war jede Information mit Vorsicht zu genießen, aber wer schlau war, konnte und kann noch immer zwischen den Zeilen lesen.

So machten wir uns denn auf den Weg in diese gigantische, baulich albtraumhafte Millionenstadt am großen Fluss. Ich hatte schon fast vergessen, wie überfüllt und stinkig diese Riesenstadt war. Von der Masse an Menschen war sie bestimmt mehr als vier Mal so groß wie die mit der wir es im einstmals wunderschönen Deutschland zu tun hatten. Mir jedenfalls wurde erstmal richtig schlecht, aber immerhin schaffte ich es mich nicht zu übergeben.

Wir begaben uns zum ersten von uns ins Visier genommenen Eingang, aber er erschien uns auf Anhieb zu verdächtig. Also ging es weiter zum zweiten und den behielten wir eine ganze Weile vorsichtig und wachsam im Auge. Mit diesem Zugang schien meines Erachtens alles in Ordnung zu sein. Mindy und Jasmina sahen das ganz genauso. Der, dessen Namen ich mir nicht merken kann, schien keine Truppen für die Eingänge abgestellt zu haben. Zur Sicherheit sahen wir uns in dem Kaufhaus, in welchem sich das geheime Tor befand, noch einmal ganz genau um, dann gingen wir in die Umkleidekabine hinein, sprachen einen Zauber um die Geheimtür zu öffnen und schwuppdiwupp war sie offen und wir konnten in die Zauberwelt hineinsehen. Dort erwarteten uns gleich zehn Handlanger des Helden und sie richteten alle ihre Blicke auf uns, also schlugen wir die Tür rasch wieder zu.

„Schnell weg!", rief Jasmina, aber dieser Ausruf war

eigentlich überflüssig, denn wir rannten sofort um unser Leben.

Nur Sekunden später ging der Eingang zur Zauberwelt auf und die Feinde stürmten hinter uns her. Rasch wirkte Mindy einen Nebelzauber, um unsere Verfolger zu verwirren. Diese begannen daraufhin wild um sich zu feuern, aber wir schafften es trotzdem aus dem Kaufhaus hinaus. Ich nehme an, dass sie durch ihr zielloses Herumgeballer ein paar Stützpfeiler trafen, denn das Gebäude stürzte hinter uns ein. Na ja, um diesen potthässlichen Neubau war es wirklich nicht schade, aber die zivilen Opfer taten mir schon irgendwie leid. Wir rannten erstmal weiter und dann teleportierte ich uns weg. Der Plan in die Zauberwelt zu schleichen und Informationen zu sammeln war gescheitert.

*

Nachdem wir zur Sicherheit einige Umwege genommen hatten, kehrten wir in unser Versteck zurück. Ich warf mich auf mein Bett, woraufhin wie auf Kommando sogleich die süße Französin und meine beste Freundin hineinkamen, um mich zu fragen, wie es denn gelaufen sei. Gerade als ich es ihnen kurz und knapp erklären wollte, erklang von draußen Gesang. Also gingen wir drei auf den Balkon meines Zimmers. Das Zimmer meiner besten Freundin lag neben meinem und hatte ebenfalls einen Balkon. Vor dem Balkon stand Blondie und sang ein Lied, um seine Liebste zu erfreuen:

„Auf der Heide blüht ein kleines Blümelein
Und das heißt
Erika

Heiß von hunderttausend kleinen Bienelein
Wird umschwärmt
Erika

Denn ihr Herz ist voller Süßigkeit
Zarter Duft entströmt dem Blütenkleid

Auf der Heide blüht ein kleines Blümelein
Und das heißt
Erika

In der Heimat wohnt ein blondes Mägdelein
Und das heißt
Erika

Dieses Mädel ist mein treues Schätzelein
Und mein Glück
Erika

Wenn das Heidekraut rot-lila blüht
Singe ich zum Gruß ihr dieses Lied

Auf der Heide blüht ein kleines Blümelein
Und das heißt
Erika

In mein'm Kämmerlein blüht auch ein Blümelein
Und das heißt

Erika

Schon beim Morgengrau'n sowie beim Dämmerschein
Schaut's mich an
Erika

Und dann ist es mir, als spräch' es laut
'Denkst du auch an deine kleine Braut?'

In der Heimat weint um dich ein Mägdelein
Und das heißt
Erika"

Ich dachte mir nur: Toll. Der Trottel singt vor dem
falschen Balkon; sieht er denn nicht, dass sie hier neben
mir auf meinem Balkon steht?
Die kleine Französin fragte leise: „Ist er etwa scharf auf
Erika Goldberg aus der Serie 'Die Goldbergs'?"
Und meine beste Freundin meinte: „Ach wie süß. So lieb
von ihm, aber ich heiße doch gar nicht Erika."
Ich klatschte mir mit der flachen Hand an die Stirn. Durch
das Klatschgeräusch bemerkte er endlich, dass wir auf
einem anderen Balkon standen. „Hallo Schatz! Ich dachte
mir, ich bringe dir mal ein Ständchen!", rief er zu uns
hoch.
„Danke dir! Das war total schön!", rief sie zurück und
freute sich sichtlich.
„Kommst du zu mir runter?", fragte er.
„Klar!", rief sie ihm zu und rannte gleich los.
Während sie aus meinem Zimmer stürmte, kam Emma
gerade herein und schaffte es zum Glück rechtzeitig einen
Zusammenstoß zu vermeiden. „Wie ist es gelaufen?",

fragte sie mich und ich erzählte es ihr.

Nachdem ich mit meinem kurzen Bericht fertig war, meinte sie: „Ach verdammt. Das Ganze droht immer schlimmer zu werden. Ich wünschte, ich könnte irgendwie noch vermitteln, aber ich glaube sie werden eher nicht auf mich hören, weil ich mal mit dir geschlafen habe. Wenn ich nur wüsste, was man tun...“

Sie unterbrach sich selbst. Offenbar kam ihr da gerade eine Idee. „Ich hab's!“, rief sie aus und fügte sogleich hinzu: „Wir brauchen einen wirklich neutralen Vermittler. Jemanden mit viel Ansehen und Autorität. Jemanden vor dem der große Held des Griffellagers Hochachtung und Respekt hat. Und ich denke, ich habe da jemanden im Auge.“

„Und wen?“, fragte ich.

„Nun, unser Held hat bei sich ein Foto von König Karl III und dessen Mutter hängen. Er bewundert das Königshaus. Wenn wir den König als Vermittler bekommen könnten, wäre das super. Als Staatsoberhaupt weiß er übrigens darüber bescheid, dass es solche Dinge wie Magie und Zauberer gibt“, erklärte Emma.

„Das macht es einfach. Und das der, dessen Namen ich mir nicht merken kann, Königin Elisabeth II und König Karl III bewundert, macht ihn mir fast schon sympathisch“, bemerkte ich.

„Also wärst du mit Karl III als neutralem Vermittler einverstanden?“, fragte Emma.

„Ja.“

„In Ordnung. Dann sehe ich mal zu, dass ich den Griffelführer kontaktiere.“

„Mach das, aber nicht von hier aus und nicht ohne Begleitung durch ein paar meiner Leute“, entschied ich.

Emma nickte und machte sich ans Werk.

Ungefähr eine Stunde später erfuhr ich, dass der große Held der Zauberwelt mit dem Vorschlag einverstanden war.

Eine weitere Stunde später wurden Sie kontaktiert und nahmen die Rolle als neutraler Vermittler an und nicht lange danach kam ich bei Ihnen vorbei.

Nachspiel

„So. Nun kennen Sie die ganze Geschichte aus meiner Sicht", beendete die Anführerin der Schlangengarde ihre Ausführungen.

„Also. Was meinen Sie, euer Hoheit, soll getan werden?", lautete nach einer kurzen Kunstpause ihre Frage.

„Ich denke, das Beste wäre es, wenn sich beide Gruppen die nächsten Jahre möglichst aus dem Weg gehen. Es gibt Tiere, die kommen mit einander klar und es gibt Tiere, die kommen nicht mit einander klar. Erstere kann man in dasselbe Gehege stecken, Letztere nicht. Bei Menschen ist es dasselbe und Ihre beiden Gruppen kommen offenbar nicht mit einander aus. Also müssen Sie Abstand halten; zumindest bis die Wunden des Krieges verheilt sind. Das könnte durchaus eine Generation dauern. Ich schlage vor, die eine Gruppe bleibt in Deutschland und die andere in Großbritannien. Vielleicht wird die nächste Generation ja in Frieden mit einander leben können. Möglich ist alles; Argentinien und Großbritannien hatten vor einigen Jahren auch mal Krieg aus eher nichtigen Gründen und kommen nun trotzdem mit einander aus. Das liegt natürlich auch daran, dass der Krieg beendet werden konnte, bevor er richtig übel eskalierte. Und er wurde beendet, so dass beide Seiten ihr Gesicht einigermaßen wahren konnten. Auch das ist wichtig, denn sonst legt man den Keim für einen weiteren Krieg. Wir können froh sein, wenn ein Krieg nicht mit einer totalen Niederlage einer Seite endet, weil das immer gigantische Berge an Leichen zur Folge hat. Also muss es eben auch hier eine gesichtswahrende Lösung für beide Seiten geben und die beinhaltet beide

Lager von einander fern zu halten", erklärte der König.

„Damit kann ich leben. Meine Leute und ich gehen dann eben alle nach Deutschland", sagte die junge Frau in der schicken Uniform.

„Gut. Ich unterbreite Ihrem Gegner denselben Vorschlag. Ich bin mir sicher, er wird ja sagen. Im Gespräch machte er auf mich den Eindruck, als würde er mich und meine Familie sehr bewundern", meinte Karl III, griff zum Telefon und rief ihn an.

Er war einverstanden und der König nickte der Erzählerin dieser Geschichte zu. Dann fiel ihm noch etwas ein: „Ich weiß, Sie haben es nicht so mit Namen und das geht mir ganz genau so. Bin ja auch schon etwas älter, aber geistig nach wie vor sehr fit. Habe mich erst vor Kurzem durchchecken lassen und es ist alles in Butter. Trotzdem; Namen sind auch nicht so mein Fall. Waren es ehrlich gesagt nie. Darum möchte ich Sie etwas fragen und ich hoffe, Sie nehmen es mir nicht übel."

„Nur zu."

„Sagen Sie, wie heißen Sie eigentlich?", fragte der König.

„Jade. Jade East-Wood", antwortete die junge schwarzhaarige Frau.

*

Der Plan des Königs ging auf. Der Krieg wurde beendet und die beiden Fraktionen gingen einander zukünftig aus dem Weg.

Es dauerte nicht lange bis die Anführerin der Schlangengarde bemerkte, dass sie von ihrem letzten ... na sagen wir mal „Treffen" mit dem Freund ihrer geliebten Französin schwanger geworden war. Sie und ihr Schatz beschlossen das Kind gemeinsam großzuziehen und wurden dem Baby zwei gute Mütter. Um Schäden zu vermeiden, schickten sie die Kleine natürlich nicht auf eine öffentliche Schule, sondern unterrichteten sie besonders die ersten Jahre zu Hause. Ihre beste Freundin und Blondie pflanzten sich ebenfalls fort und der große Held des Griffelhauses tat dasselbe mit seinem Mädchen; ebenso wie Emma mit ihrem Don.

Tatsächlich kam die nächste Generation nach den Jahren des Abstands, den ihre Eltern gehalten hatten, durchaus gut mit einander aus. Manche von ihnen wurden sogar Freunde, als sie dann gemeinsam die Zauberschule besuchten.

Ende

Mit dem Code Schlangengarde10 *bekommen Sie zehn Prozent Rabatt auf Hörner-Produkte im Onlineshop der Hörner GmbH.*

Der 1945 wegen Hochverrats in Frankreich hingerichtete Schriftsteller Robert Brasillach verfasste, basierend auf mehreren Reisen nach Belgien, ein Buch über die dortige Rexisten-Bewegung von Léon Degrelle. Das Buch wurde Ende 2023 im Jungeuropa Verlag neu aufgelegt und mit einem einleitenden Vorwort versehen.

Die eigenen Werte verschwanden

Die Partei Rex tauchte ebenso schnell auf, wie sie wieder verschwand. Man warf ihr zu Unrecht vor, vom deutschen Nazi-Regime finanzielle Unterstützung bekommen zu haben. Laut dem Buch wurde sie jedoch tatsächlich vom italienischen Duce Benito Mussolini unterstützt. Das hat man Degrelle und seiner belgischen Partei allerdings interessanterweise nie vorgeworfen.

Am Anfang, Mitte der 1930er-Jahre, war Rex eine Protestpartei gegen Korruption, parlamentarische Abgehobenheit und soziale Verwahrlosung, die zu den Grundwerten der Belgier zurückkehren wollte. Das Christentum war Dreh- und Angelpunkt der Partei. Davon driftete sie jedoch immer mehr ab, und Degrelle wandte sich spätestens nach der Eroberung Belgiens durch die deutsche Wehrmacht der Seite Deutschlands zu. In den Jahren davor hatten er und seine Partei noch wiederholt scharfe Kritik an den Nazis geübt. Später war er sogar Offizier der Waffen-SS, der mit seiner "Brigade Wallonie" an der Seite der Wehrmacht bis zum Untergang an der Ostfront gegen die Kommunisten kämpfte und mit dem Eichenlaub zum Ritterkreuz des Eisernen Kreuzes hochdekoriert wurde.

Zeugnis einer Zeit, in der Ideale rasch wechselten

Das 192 Seiten starke Buch kann für uns in der heutigen Zeit durchaus lehrreich sein. Es zeigt, was mit einer Partei oder politischen Bewegung passieren kann, die ihre eigenen Werte wegwirft und sich einer totalitären Ideologie anschließt, bzw. sich an sie verkauft. Anfangs waren der Rex die Heimat, die Freiheit und das Christentum sehr wichtig, und man kritisierte die Nazis. Am Ende stand man für Adolf Hitler an der Ostfront, und Degrelle musste nach dem Krieg vor den Siegern nach Spanien fliehen. In Belgien wurde er in Abwesenheit zum

Tode verurteilt.

Wie der Krieg jahrzehntelang nachwirkte

In Spanien war er erfolgreich als Geschäftsmann tätig,
wiederholte Versuche der Belgier, ihn auszuliefern,
wurden von Spanien sowohl unter der Franco-Regierung,
als auch unter dessen Nachfolger König Juan Carlos
abgelehnt, was bis zum Tode Degrelles im Jahr 1994 zu
jahrzehntelangen diplomatischen Spannungen zwischen
Spanien und Belgien führte.

Zeitfracht Medien GmbH
Ferdinand-Jühlke-Straße 7
99095 Erfurt, Deutschland
produktsicherheit@kolibri360.de